エルフの少女

スティ

そして、
世界は変貌する――。

田んぼでエルフ拾った。道にスライム現れた

I picked up an elf in a rice paddy
Slime appeared on the road

幕霧映
絵＝ともぞ

Ei Bakumu
Illustration
Tomozo

INDEX

I picked up an elf in a rice paddy
Slime appeared on the road

Introduction

非日常は田んぼに落ちてる

あの夏が始まる。

忘れられない夏が。忘れたくない夏が。

星のように煌めいて、泡沫（うたかた）のように儚くて。

陽炎に歪む青空の下で。

空の青より鮮烈な色をした君と出会った。

晩夏。

稲穂が揺れる田舎道、かんかん照りな青空の下。俺はワイシャツの胸元をパタパタ扇ぎながら長い坂道の上を歩いていた。気温は優に三十度を超えているだろう。シャツがべったり背中に張り付いて気持ち悪い。

地球温暖化が嘘か本当かなど散々議論されているが、少なくとも俺は夏が来る度に実感する。フアッキンホットだ。軽井沢にでも逃げたい。財布に三百円しか入ってないけど。

「あー……クソ。なんだってんだよ……」

額から落ちて目に入った汗を袖で拭う。陽炎（かげろう）に歪む景色の向こう側に、忌まわしい坂道がまだまだ続いて――

「……へっ？」

――思わず目を疑う。脇の水田に、誰かが落ちているのだ。

腰まで泥に埋まっていて身長は分かりにくいが、そこまで高くはない。服装はひらひらした感じだ、農作業中というわけではないだろう。そして真っ白な長髪を後ろに流している。

近所の婆さんが滑り落ちでもしたのか……？

「大丈夫ですかー？」

遠くから声を掛けてみるが、反応が無い。こちらに向きさえしない。ただ呆然と明後日の方角を向いて突っ立っている。……熱中症とかで動けなくなってしまっているのかもしれない。

制服を汚したくはないが、このままじゃ命が危ない可能性もある。助けなければ。俺はスニーカーと靴下を脱いでからズボンをたくし上げて、水田へ踏み込んだ。

「あのっ!? 聞こえてたら返事してください!」

ひんやりした水田をじゃばじゃば歩いて近付き、そう叫ぶ。そこでやっと彼女は俺の声に気が付いたようで、こちらへ振り向いた。

――そして、絶句する。白髪ゆえに勝手に老婆だと思っていたがその顔は予想外に若々しく、中学生程度の女の子に見える。外国人、あるいはアルビノというヤツなのだろうか。

目鼻立ちが恐ろしく整っていて、大きく赤い瞳がまるで人形のようだ。

「……――■、■■■?」

「……は、あ、えと、こんにちは。い、いや……な、ナイスミートゥー……?」

やはり外国人なのか、少女は無表情のまま、聞き覚えの無い奇妙な言語で語りかけてきた。俺がアタフタしていると、何かを考え込むように細い指を顎に当てる。そして大きな赤い瞳で俺の目を覗き込んできた。

向こうの瞳孔が細まり、何度か瞬(まばた)きをする。そうして見つめ合うこと数秒、彼女はパチンと指を鳴らした。

「あ、あ、あー……ボクは……いや違うな、おれ……あぁ、雌の一人称はワタシなのか」

「は……?」

「君の母語はこれで合っているかな。景色を見た限り高度な農耕民族のようだが……あれ、私の言葉通じてるかい？」

先ほどとは打って変わって、少女の口から紡がれたのは流暢な日本語だった。泥を掻き分け、少女は俺の方へ詰め寄ってくる。

「え、ちょっ……」

「通じてるようだね。体の造形も近い……似たような進化を辿ったのだろうか。ちょっと失礼……」

「ひあぁっ!?　股さわるな！　おい!?　なんなんだお前！　チカンだぞ！　可愛いからって何しても許されると思うなよ！」

俺の体をべたべた触ろうとしてくる少女の魔の手から逃れるため、俺は後ろに勢いよく退いた。が、そのせいで足がもつれて後頭部から思い切り水田へダイブしてしまう。全身が泥に濡れてひんやりする。口に入った泥を吐き出しながら少女を睨んだ。

当の本人は不思議そうな顔で「大丈夫かい？」と言いながら俺へ手を差し伸べている。

俺はその手を乱暴に払い除けて立ち上がった。

「助けは必要無さそうだな。次からは気を付けたまえ」

「いや完全にお前のせい……」

「私が何なのか――という質問には答えよう。私はスティルシア。ここことは別の世界から来た者だ」

俺の抗議を遮りながら、スティルシアと名乗る少女は鈴を転がしたような美声で無感情にそう告げた。

……俺はやべぇ奴と関わってしまったのかもしれない。こういうの『電波』とかって言うのだったか。とにかく逃げよう。これ以上こいつと関わったらロクな事にならない気がする。

田んぼに落ちてる美少女なんて『空から降ってくる女の子』とかと同じ位に面倒を呼び込みそうだ。

「す、スティルシア、ちゃん？　俺ちょっと用事あるから帰るね！」

「そうか。気を付けて帰るといい」

意外と素直なスティルシアに内心安堵しながら、俺は水田から上がりスニーカーを履き直して歩きだした。

はぁ……酷い目にあった。帰ったら洗濯機に制服ぶちこんで……いやここまで汚れたら前洗いしなきゃ駄目か。めんどくさいな。

それはそうと、明日はお気に入りラノベの新刊が発売する日だ。朝からバスで本屋に買いに行こう。そう思うと嫌な事も全部吹き飛ぶ気がする。今からワクワクしてきた。

「楽しみだなぁ」

「あぁ、全くだよ」

「いやちょっと待て」

俺が物凄い速さで振り向くと、そこにはニコニコ顔で佇むスティルシアの姿があった。

泥に濡れたスカートから細い足が伸びている。なんで着いてきてるんだコイツ。

「付いてくるなよ！」

「それは無理な相談だ……もし君が突然たった一人で未開のジャングルに放り込まれ、そこで優しそうな人に出くわしたら何がなんでも付いていくだろう？　それと同じだ。私は今、凄く困っている」

「自分の家に帰れよ！」

「家が無いから君に付いていってるんだろうっ！　お腹空いたし人肌が恋しいんだ！」

「堂々と寄生宣言すんじゃねぇよ！」

くわっ！　という効果音が付きそうな程の迫力でスティルシアは言った。その鬼気迫る雰囲気に圧され、俺はとりあえず話を聞いてみる事にする。

「はぁ……家出でもしたのか？　きっと親御さんが心配してるぞ」

「私は、とある事情により自分の住んでいた世界から弾き出されたんだよ。家出と言うよりかは『追い出された』に近いな」

「はいはいそういう設定ね……よく居るんだよねーそういう奇抜な設定でウケ狙う子」

「その意見は一体どこ目線なんだ……あっ、そうだ。これを見たまえ！」

ステイルシアは、自分の髪をかき上げて耳を露出させた。それがどうした——と返そうとして、言葉を失う。長いのだ。耳が。妙に尖っていてピコピコ上下している。呆気に取られる俺を見て、得意気な顔だった。

「……なんだそれ」

「私はエルフだ。先ほどちょっぴり君の記憶を覗かせてもらったが、知識としては知っているんだろう？」

「えー、いや、は？　マジ……？　ちょ、触って良い？」

「ぁふっ……」

ステイルシアの耳を摑み、むにむにしてみる。

……本物だ。温かくてすべすべで、ほんの僅かに脈動を感じる。それでも信じられなくてステイルシアを見返すと、顔を紅潮させながらびくびくしていた。俺ははっとして耳から手を離す。

「あっあっ、あっ……」

「ごめんごめん!?」

「耳は敏感なんだよ！　全く、礼儀がなってない……これだから最近の若者は……」

ステイルシアは自分の体を抱き締め、ブツブツ言いながらこちらを睨んでくる。なんだか性犯罪者にでもなったような気分だ。……それはそれとして、こいつの言う事に少しだけ真実味が湧いてきた。少なくとも家に帰れないのは本当っぽいし、どうしようか――

「……え」

――自宅の方向を見ようとした俺の目線の先に、『半透明なゲル状のナニか』が佇んでいた。パッと見水溜まりのように見えるが、ぐにゃぐにゃ蠢(うごめ)いている。

そいつはナメクジの如くアスファルトを這いずりながら、俺へと近づいてきた。

な、なんなんだアレ……？　かなり気色悪いぞ。生き物……なのか？

「■■■■■■■！」

「わぁぁぁぁっ!?」

半径二メートル程まで近寄ってきたゲル状の何かは、津波のように肥大し俺の体を呑み込もうとしてきた。一気に顔から血の気が引く。ば、化け物――

「ていっ」

「あっ」

てってってっ、と俺の前に走ってきたスティルシアが、どこから持ってきたか分からない木の棒でゲル状の化け物をぶっ叩いた。

すると化け物は、アルミホイルを丸めた時みたいな歪(いびつ)な断末魔の声を残して消える。後には赤いビー玉のような物体だけが残った。

「えっ……え？」

「どやぁ……」

「いや『どやぁ』じゃなくて！　なんだあれ⁉」

「うん……？　君、その年でスライムも見たこと無いのかい？　……あぁ、そういう事か」

スライム。某国民的ＲＰＧで最弱モンスターとして名高い――でも原典のＴＲＰＧの方では結構強いポジションな――アレ。俺は『あんな怪物この星に存在しない』とスティルシアに説明した。

顎に手を当て、考える素振りをするスティルシア。

それから、少しふらふらしながらまどろむように目を細め――ぱたんと、倒れた。

「おい⁉」

「お腹空いた……」

地に伏せった状態のまま俺へ両手を差し出し、『おんぶ』と要求してくる。

俺は溜め息を吐きながらその手を取り、背中におぶった。柔らかく、軽い。女の子の感触だった。

「……あのさ、おんぶするのは良いんだけど」

「なんだい？」

「頭に当たって痛いからその木の棒捨ててくれない？」

「やだ」

File1【溶解性粘液生命体(ブルー・スライム)】脅威グレード：F

パワー：F
スピード：F
耐久力：D
進化力：A+
知能：F
ability：『溶解液』

弱い酸性を帯びた粘液生命体。主に地面上で液体筋肉による蠕動(ぜんどう)運動で移動する。

体液が目などに入らない限り危険は無く、体積の約二十分の一以上が無くなると死に至る、極めて脆弱な怪物。自分より小型の動物に対しては気道を塞ぐなど攻撃の手段を持つため、幼児や犬猫のような頭部の位置が低い保護対象への接近は阻止することが推奨される。

「はぁ、はぁ……重てぇ……ただでさえしんどいのに余計な荷物が増えた……」

「乙女を重たいとか言うもんじゃないよ」

「背中でなんか変なのが喚いてるし……」

「ねえ」

ひぃひぃ言いながら長い坂を登り切り、俺はやっと自分の家の前まで辿り着いた。

立ち止まった事で察したのか、背中のスティルシアは俺があげた弁当の残りの卵焼きをもぐもぐしながら「立派なお家だね」と言う。

俺の家は、古びた大きい武家屋敷だ。父母を早くに亡くし祖母と二人で暮らしていたが、その祖母も半年前に死んでしまった。なので今は一人暮らし。

祖母は売って良いと言っていたが、唯一の家族との思い出が詰まった家を手放せる訳が無かった。

「ただいま」

立て付けの悪い引き戸をガラガラ開けて中に入る。俺はスティルシアをおんぶしたままバスルームまで連れて行き、浴室で降ろした。まずは泥を落としてもらわなければ。

「とりあえずシャワー浴びろ。着替えは……嫌じゃなきゃ俺の貸してやるから」

「しゃわー……」

「このノズル持って、そこのレバー上げろ」

「へぇ……？　わぁあっっっ!?」

「馬鹿なんで顔に向けた！」

「あばばば」と顔面にジェット水流を受け続けているスティルシアに怒鳴りながら急いでレバーを下げて水を止める。

スティルシアはびちゃびちゃになったまま感心したように水の出口を見詰めていた。

「この銀色の所でお湯を作ってるのかい？　どんな仕組みが……ぅあっつい!?」

「馬鹿だろお前。あと一応言っとくけど服は脱いでから浴びろよ。服ごと洗うとか小学生みたいな事考えるなよ」

「……あ、当たり前じゃないか」

ピシャリ、と風呂場の扉を閉めてから俺は今日何度目かも分からない溜め息を吐いた。

ひとまず泥まみれになった制服を脱ぎ洗濯カゴに放り込む。それからスティルシアに着せるためのゆったりとしたスウェットをタンスから取り出した。

……臭いとか言われたらショックなので一応消臭スプレーを吹き掛けておく。

「はぇーっ、凄いね！　この、しゃわーっていうの！　家の中で水浴びができるんだ！」

「次は俺が入るから早くしろよー！」

「はーい」

バスルームの磨りガラス越しに、水飛沫（しぶき）の音とスティルシアの呑気な声が聞こえてくる。

その音に耳を傾けながら、俺はポケットから取り出したとある物体を居間の机の上に置いた。

無機質な……しかしどこか生物的な赤いビー玉。先ほどの、暫定『スライム』が落としていったモノだ。俺はこんなの拾いたくなかったが、スティルシアに言われて仕方なく持ち帰った。

「……あの怪物、なんだったんだろ」

それだけじゃない。勢いで連れてきてしまったが、スティルシアについても謎が多い。

あの耳はなんなのか。別世界云々の話は本当なのか。そもそもなぜ田んぼに落ちてたのか。いやそれは馬鹿だからか。

もしただの家出電波少女だった場合、俺は会って間もない中学生ぐらいの女の子を家に連れ込んでる事になってしまう。

親も捜してるだろうし誘拐か拉致で訴えられる可能性もある。流石(さすが)に前科者になりたくはない……頭を抱える。と、その時背後で浴室のドアが開く音がした。

「はぁー、スッキリしたよ」

「ちゃんと洗っ、た、か……」

振り向くと、そこには産まれたままの姿のスティルシアが長い髪を後ろで纏めながら立っていた。

磁器のように白くキメ細やかな肌を惜しげ無く露出させ、形の良い胸とか諸々の大事な所もノータイムで俺の視界に入ってくる。

どんな裸婦像も霞む、至高の芸術品がごとき肢体──

「あ、そうだ、服は──」

「わぁぁぁぁぁぁあぁぁぁぁっ!?」

「おうふっ!?」

脇に置いてあったスウェット上下を丸め、スティルシア目掛けて全力投球する。それを胸で受け止め「おっとと」と後ろに下がった隙に扉を思い切り閉めた。

あ、危ねぇ……なんとか直視は避けた。下半身にズンとくる感覚に自己嫌悪しながら、項垂れる。

「良い投擲だ……クク、私が騎士団に口を利いてやっても……」

「ふざけてないで早く着ろ」

それから数分後、灰色のスウェットに身を包んだスティルシアが出てきた。

ぶかぶか過ぎるせいで下のスウェットが下がってしまうのか、腰の部分を何回も折り重ねている。

「この服……んっ、裏地ザラザラしてるせいで色んな場所擦れるんだけど。変な声出そうだよ」

スティルシアは、座布団に座っていた俺の横にぽすりと収まった。

しばしの間そのままぼーっとしていたが、正面の机に置いてあったビー玉を見て顔色を変える。

「これっ、なんで……どこで……!?」

「いや、さっきのスライムから出てきたんだろ。お前が拾えって言ったんだぞ」

「あ、ぁー……あはは、そう、だったね」

妙に歯切れ悪く、スティルシアが首を縦に振った。物忘れが激しいにも程があるだろ。

「お前さっきのあれが何か知ってるのか？」

その問いに、スティルシアは顎に手を当て少し考える素振りをする。

それから、なぜか俺の目を覗き込んでくる。赤い瞳孔が細まり、何度か目を瞬（またた）かせた。さっき急に日本語を喋れるようになった時と同じ動作だ。

『記憶を覗いた』などと馬鹿げた事を言っていたが。

「……なるほど。あれは……そうだな。君の知識に当て嵌めて言うのなら、〝モンスター〟だよ」

「モンスター……？」

「あぁ。人に対して明確な敵意を持ち、攻撃してくる怪物。さっきのあれは程度の低いヤツだ。……でも本来、この世界には実在しないんだろう？」

俺は頷いた。今まで十七年余り生きてきたが、あんな変テコなのは見た事も聞いた事も無い。

「恐らくヤツらは、私と同じ世界から来た存在だ」

「はぁ……」

「私の世界では、厄介なモノを別世界へ捨てるというのが流行（はや）っていてね。前までは人や物品だけだったんだが……モンスターも送り始めたらしい。まずは弱いのを送って実験しているんだろう」

気の抜けた相槌を打ちながら、俺はスティルシアの手に摘まれたビー玉を見詰める。

「……あのさ、これマジで、正直に答えてほしいんだけど」

「なにかな」

「お前が別世界から来たって、ガチな話なのか？」

「え、信じてなかったの？」

信じられるわけねぇだろ、と心の中でツッコんだ。

よく考えればさっきの怪物だって『別世界から来た』なんて馬鹿げた理由よりかは、新種の生き物とか考えた方がまだ現実味がある。

「……どうすれば信じてくれる？」

「どうすればって……ははっ、魔法とか？」

自分で言ってて笑ってしまう。俺の言葉に、スティルシアは目を瞑(つむ)って右手の人差し指をピンっと天井に向けて立てた。なにやら変な呪文みたいなのをぼそぼそ呟いている。

年下相手に意地悪し過ぎたか。俺は冗談めかして『わかったわかった』と適当に流そうと――

「――■■■■(ファイア)」

「お、おおおおおっ!?」

――人差し指の先端から、真っ赤な炎が吹き上がった。凄まじい熱気を放ち、木製の天井を僅かに焼き焦がす。驚きのあまりソファからずり落ちた俺を満足げに見てスティルシアは炎を散らせた。

「はっ……!?　はぁっ……!?」

「ご明察かな、異界の人」

棒マッチ程まで小さくなった炎を指先に灯し、スティルシアは皮肉げに笑う。

――なんだこれ、なんだこれ、なんだこれ。頭を無数の疑問符が支配した。手品――いや違う。

そんな生易しいものじゃない。

「マジ、なのか……」

「何度も言ってるだろう」

緊張で口が渇いて上手く言葉を紡げない。あまりの異常事態に、心臓がバクバク脈打つ。目の前のあどけない少女が、とんでもない戹ネタに見えてきた。

「あと、この赤い玉の事だが……ちょっと口を開けたまえ。あーんだよ、あーん」

「あ、あーん……？　むぐっ!?」

言われるがままに口を開けると、ビー玉を勢い良く口に投げ込まれた。そのまま喉と食道を通過し、胃袋にストンと落ちる感覚。

やばいやばいやばい！　あんな化け物から取れたもんなんて食ったら絶対に病気か食中毒になる！　喉に指を突っ込んで吐き出そうとするが、なぜか出てこない。

「無駄だよ。もう消化されてる」

「んー！　んー!?（あぁぁぁ!?）」

「それを……モンスターの体内で結晶化した〝魔核(まかく)〟を体に吸収すると、血中の魔力濃度が濃くなって身体機能が増強されるんだ。平たく言えば、食べれば強くなると考えて良い」

「んぅぅぅ!?（なにそれぇぇぇ!?）」

えずく事十数秒、吐き出せないと悟った俺はゲッソリした気分でソファに体を預けた。

ひ、酷い目に遭った。俺は強くなりたくなんかない。大いなる力には大いなる責任が伴うのだ。アメリカの某蜘蛛男だってそう言ってる。

俺は波立った心を落ち着かせるため、テレビのリモコンを取った。特に見たいものは無い。現実逃避が目的だ。

適当な温泉番組とか、大御所芸人のトーク番組とか、脳ミソ空っぽにして見られそうなのはやってないか――

『緊急速報です！　世界各国で発見された謎の粘液生命体ですが、バットや物干し竿による殴打、それが無ければ踏みつけでも対応できる事が判明しました！　これから有識者の話も交えて対処の手順を――』

ぽとり、と手からリモコンが落ちた。

「えぇ……？」

……拝啓、おばあちゃん。どうやら世界は、俺が思っているより深刻な状況にあるようです。

◇

「凄いねぇこの板。サラサラしててあったかいよ」

「こらテレビの画面に触るな。汚れるだろ」

非常事態だからか何度も同じ内容をグルグル放送しているテレビを点けたまま、俺はノートパソコンで情報収集をしていた。

分かった事と言えば、六時間ほど前に世界中の空で正体不明の『黒いオーロラ』が観測された事。

それを境に謎の生命体……あのスライムが大量発生した事。

そしてこれはまだ都市伝説レベルらしいが、それを殺した際に出る赤いビー玉を飲み込むと筋力や身体機能が強くなるという事。

そのため都会の方では気合の入った若者たちの間で、ゲーム感覚の〝スライム狩り〟なるものが行われているらしい。

……ここまで全て、スティルシアの言葉と一致している。

「はぁ……」

溜め息を吐きながら、ぱたんとノートパソコンを閉じた。

何が〝スライム狩り〟なんだか。なんで現実世界でレベリングしなきゃならないんだよ。ドラ○エをしろドラ○エを。全く、情報量が多過ぎて頭が痛くなる。

「……こんな時にばあちゃんが居ればなぁ……」

うちの祖母は、戦後の動乱を駆け抜けたせいかとても強い女性だった。

老いた女手一つで俺を育て、俺が高校入試に受かったと聞いた次の日に倒れて寝たきりになってしまった。

それからは、以前より兆候があったアルツハイマー型認知症が一気に悪化して、俺の事も自分の事も忘れてゆっくり子供に戻りながら死んでいった。

「……おばあさんがいるのかい？」

「あぁ。もう死んじまったけど」

小さな仏壇で微笑む写真を指差しながらスティルシアに言うと、少し複雑そうな顔になった。形の良い眉がひそめられた、正に苦虫を噛み潰したような表情。

「……とても、羨ましいよ」

「なんでだよ」

「君みたいな孫が居て、死んだ後も誰かの心に残り続けて。さぞかし立派な人だったんだろう……私とは、大違いだ」

中学生程の見た目には似つかわしくない、疲れ果てた枯れ木みたいな声でスティルシアは言った。

「お前だってまだまだ若いだろ。俺より下の癖に人生語るな」

「……？　私は君より軽く千歳以上年上だが」

「えっ」

「えっ」

顔を見合わせたまま、しばらく場を沈黙が支配する。

……そういや、さっきこいつ自分の事をエルフだって言ってたな。エルフは多くの創作物において長命かつ美形として名高い。

蛍光灯の光を浴び煌めく白髪から覗く長耳を見ながら、俺は頭の中で納得した。いや千歳以上なのは流石に受け入れにくいけど。

「……え、一応、敬語とか使った方が良かったりします？」

「いらないよ。敬われるほど大層な者でもないからね」

「そ、そっか。そうだよな」

「そうだよなとはなんだ」

それから俺はシャワーを浴びて汗と泥を流し、部屋着に着替えた。

まだ夕方だが今日は色々あって疲れたから早めに布団を敷いておく。

スティルシアはと言えば、俺のパソコンで某アンパン男や猫型ロボットなどの子供向けアニメを熱心に視聴していた。

「こ、このバケモノめっ！　なんで頭部が無いのに飛行魔法が使えるんだ!?　それにこんなアホ面晒した獣人なんかのために身を削るなんて信じられない……！」

「ちなみにお前が一番アホ晒してるぞ」

「あぁぁぁぁ食パン男が撃墜されたぁぁぁぁ！　私が……私が君を死なせはしない……！」

「感情移入が凄いよお前」

画面に釘付けのスティルシアを放置して、俺はキッチンに立った。久しぶりに二人分の食事を作るからなんだか緊張する。

冷蔵庫の中身と相談した結果、今晩はハンバーグで決定した。

背中に誰かの存在を感じながら立つキッチンはとても懐かしくて、少しだけ口元が綻ぶ。ばあちゃんはハンバーグを作る際にパン粉などの『つなぎ』を混ぜるのが嫌いだったから、俺のハンバーグは挽き肉オンリーだ。纏まりにくくて手間が掛かるが、その分とても美味しい。そこのファミレスには負けない自信がある。

こねた挽き肉を油の引かれたフライパンに乗せて、経過を見守る。

「……うし、火は通ってるな」

菜箸で小さく穴を開け、出てくる肉汁が透明な事を確認したら完成だ。

良い匂いを嗅ぎ付けたのか、スティルシアは俺の後ろからひょっこりと顔を出して二つのハンバーグをまじまじと見ていた。

「……それ、私も食べて良いの?」

「当たり前だろ」

野菜と一緒に盛り付けたハンバーグを食卓に並べ、二人で向き合って座る。

誰かとご飯を食べるのに慣れていないのか、スティルシアはぎくしゃくと居心地が悪そうに座椅子に座った。

「いただきます」

「いただき、ます」

俺の真似をして皿に手を合わせたスティルシアと一緒に食べ始める。箸の使い方は分からないだろうからフォークを渡している。でもなぜか皿と向き合ったままじっとしていた。

「どうした」

「……うん、いや、もうちょっと見てたくて」

「なんだよそれ……」

俺が半分ほど食べ進めた辺りで、やっとスティルシアは口を付けた。はむ、と小さく口に含んで目を見開く。

「……美味しい」

「ばあちゃん直伝だからな」

「……ほんとに、美味しいよ」

一心不乱に口に詰め込む目の前の少女を見て、思わず笑ってしまった。いや少女じゃないか。

食べ終えたのを見計らって皿を台所に下げる。スティルシアの口元にソースが付いてたのでティッシュで拭いてやった。

「覚えてる食べ物の中で一番美味しかったよ！」

「そりゃ良かった」

それから三十分程あとに、皿を洗い終えると、窓から見える外はもうすっかり暗くなっていた。

世間は物騒だ。玄関に行って鍵とチェーンを確認しておく。

……よし、万全だ。こんな田舎まで危ないヤツは来ないだろうが、念には念を入れておくに越した事は無ぃ。

ふとスティルシアの方を見ると俺のノートパソコンと向き合ってカタカタ震えていた。何があったんだ。

「どうしたー？」

「ねぇ、ぱそこん弄ってたらなんか変な所に飛んだんだけど。裸の女の人がいっぱい居るよ……」

「あぁ……ぁあ!?　おまっ、これポル○ハブじゃねぇか！　消せ消せ！　どこから飛んだ!?」

「お気に入りサイトの所からだよ。こういうのが好きなんだね。えぇと、かんぜんりょうじょく?、魅惑のFカップひとづ」

「ああぁあぁぁあぁぁ！！！」

スティルシアは一週間パソコン禁止になった。

「あー、あっづぃ……」

スティルシアを拾った次の日、俺は汗ばむような暑さとミンミンうるさい蝉時雨で目を覚ました。

壁掛け時計に目を向けると、時刻はキッカリ八時。

今日は休みだから二度寝しても良いかもしれない。スティルシアはもう起きていたようで、ソファの上でぺたんと女の子座りして明後日の方向を見つめている。

「スティルシアー……二度寝したいから、もし腹減ったら冷蔵庫に作り置きしてる煮物食べてくれ」

俺の声に肩をビクッと跳ねさせて、スティルシアはこちらへ振り向いた。

まるで我を忘れたかのような顔で、虚ろな瞳が俺を映す。その途端ハッとして何度か瞬きした。

「どうかしたか？」

「ぁ、あー……おはよう。うん、大丈夫だよ」

釈然としない様子を不審に思いながらも、俺はもう一度布団に寝転がった。あくびしながら寝返りを打つ。九時ぐらいまで寝るか……。

「そう言えば今日は、明日は朝から〝らのべ〟ってのを買いに行くんじゃなかったっけ？」

「忘れてた！」

薄い毛布をはね除け、俺は勢い良く立ち上がった。今日は俺の購読しているライトノベルの続刊が発売する日だ。数量限定の特典が付いてるから転売ヤーも多い。早く買いに行かなければ。

急いで顔を洗って歯磨きをし、パジャマから着替える。そして、寝グセで跳ねた髪の毛を撫で付けながら玄関を出ようと——して、なぜか玄関に仁王立ちしたスティルシアが立ち塞がっていた。

「待ちたまえっ」

「なんだよ」

「私も行きたい！」

「嫌だよ！」

「いーきーたーいー！」

「うるさいぞ千歳児！」

「ぐっ、ぬぬぬ……！」

白髪の美少女とか連れ回してたら目立つにも程があるだろ。

ただでさえ物騒なのに、なんでわざわざ禍根を連れていかなきゃならないんだ。

「……どうしても、嫌なのかい？」

「あぁ。本屋に行くだけだからすぐ戻るぞ」

「連れていかないと言うのなら、私にも考えがある」

スティルシアが俺を見据え深く息を吸った。な、なんだ、まさか例の魔法でも使う気か……!?

「や、やめろ」

「……な」

「やめろってば！」

不敵な笑みを浮かべたままにじり寄ってくるスティルシアに気圧され、頬を汗が伝う。

あんな炎を攻撃として向けられたら、俺なんてきっと骨さえ残らない。

「やめっ――――！」

「置いてくなら留守の間、君の好きな【人妻脅迫！　営業部長の逆襲】でも見てようかなー」

「あばっ」

◇

「ねぇ！　凄い、凄いよこの箱！　竜車より速いよっ！」

「……あぁ、うん。目立つからあんまり騒がないでね……」

街へ向かうバスの中、外の景色を夢中で眺めるスティルシアを尻目に、俺は心の中でさめざめと泣いていた。

……なんでいつも俺の見ているAVの題名をこいつに知られているんだ。しかも昨日のとは違うヤツだぞ。このままでは俺が人妻好きだということがバレてしまう――いや、もうバレてるか。つらい。

「はぁ……」

ちなみにスティルシアには、俺が中学生だった頃に着ていたフード付きのパーカーと帽子を二重にかぶせて、耳と髪の毛を隠している。

この状態ならただのスレンダーな女の子にしか見えないし、近寄られて顔を覗き込まれたとしても、めちゃくちゃ可愛い程度の感想しか抱かない。

「はぁぁぁ……」

……なのに、なぜか車内中の視線がこちらへ集中している。それも『軽蔑』や『憐れみ』の視線だ。胃が痛い。

どうして……と原因を探していると、とても大事な事に気がついた。

上機嫌なようで小さく鼻唄を歌いながらニコニコしているスティルシアの、両胸の頂点辺り。

そこに、浮かび上がってはいけない二つのものがくっきりと浮き出てしまっていた。

――あ、こいつ、下着着けてない。

「おま……」

「さっきからどうしたのさ」

足をぱたぱたさせながら俺を見てきたスティルシアから全力で顔を逸らした。……やばい。これ周囲からしたら、俺が自分の妹とかにブラジャーも着けさせずバスに乗らせてる腐れ外道に見えてるんじゃないか。

断じて違う。どちらかと言えば被害者は俺の方だ。この世の理不尽を噛み締めながら、俺はバスの停車ボタンを連打した。……近くにランジェリーショップあるかな。

「降りるぞ」

「うん」

乗客の刺すような視線にうつむきながら、スティルシアの手を引いてバスから降りた。

確か……この辺に百貨店があったはずだ。その中で探そう。

「迷子になるから付いてこいよ」

人混みを掻き分け、俺は大きな建物の前で立ち止まった。この周辺ではかなり大きい百貨店だ。

入り口にあったマップでランジェリーショップの場所を探す……三階か。

エレベーターに乗り、やけにピンク色な店の近くまでやって来た。品棚の陰で、スティルシアに
「下着買ってこい」と言って五千円を握らせる。俺が買いに行くわけにもいかない。

「良いか……!?　店員さんに任せれば多分大丈夫だからな！　変な事すんなよ！　あと、もし耳見られたらボディピアスですって答えとけ！」

「むう……私だって買い物ぐらいした事あるよ。そんなに心配しなくても平気さ」

ふんす、と自信ありげに歩いていく小さい背中を見送りながら溜め息を吐く。そそっかしい妹ができたような気分だ。心が休まらない。

「かわいい……！　が、外国人さんですか!?　写真撮って良いです……!?　あとツイッターにも！

わぁ、耳すごい……」

「……？　好きにしたまえ。あとこの耳は〝ぼでぃぴあす〟らしい」

「しゃべり方もかわいい……！　おしゃれですね！」

なにやらスティルシアと店員さんが話し込んでいる。声は聞こえないが、向こうが笑顔なので問題を起こしたわけではないと思われる。というかそう信じたい。

それから数十分後、スティルシアが紙袋を持ってランジェリーショップから出てきた。なぜか複数名の頬を赤くした女性店員さんに見送られている。

当の本人は疲弊した様子で、フードを深く被り直していた。

「おーい、買えたよー」

ベンチに座った俺を見つけると、スティルシアはこちらへ呼び掛けながら袋からヒラヒラした布を取り出して見せ付けてきた。――パンツだ。店員さんたちや他の客がギョッとした顔で俺を見る。

「おい！ それっ、早くしまえ！」

「え……彼氏さんですか？」

「恋仲なんかよりもっと深い関係だよ……ふふ」

「保護者ですからぁ！」

俺は半ば引きずるようにスティルシアをランジェリーショップから遠くへ連れてきた。

ひ、酷い目にあった。あの店員さん犯罪者を見るような目してたぞ。ちょっと泣きそうになった。

確かに客観的に考えて、俺みたいな冴えない奴が美少女と下着買いに来るとか不穏な臭いしかしないが。あれ、目から生理食塩水が分泌されてきた……。

「……本屋いこ」

「この世界の書肆(しょし)か。私も興味あるよ」

本屋はここと同じ階だ。早いとこ買いに行かなければ。この落ち込んだ気持ちを読書で慰めよう。

「……売り切れてる」

ラノベ新刊コーナーの棚に、ぽっかり空いた空白。

店員さんに聞いてみたら、入荷した数が少なくて早く売り切れてしまったらしい。

がくっと肩を落とす。

「ねぇ、この本の表紙にエルフが描かれてるよ！」

「クソラノベだぞそれ」

「そうなんだ……」

それから何店かの本屋を巡ったが、いずれも目当ての本は見つからなかった。

……もう帰るか。特典は諦めて、大人しく電子書籍版でも買おう。なんか疲れた。

それから十数分後、バス停に設置されたベンチの上。

猫みたいにビニール袋をかしゃかしゃさせて遊んでいるスティルシアを尻目に、暇な俺はＳＮＳで特典付きが買えたとツイートしている友人に恨みの言葉を送る作業をしていた。

「……ん？」

その時、死んだ目で画面をスワイプしていた俺の目に、とあるツイートが留まった。

何人かの女性が写った写真付きだ。普段俺の所に回ってくる事がない類いのパーリーピーポーな雰囲気を感じる。俺のフォローしている誰かがリツイートしたのだろう。

【店にやばい子が来た！　芸能人よりカワイイ！　なんか陰キャっぽい奴と一緒に来てたけど笑笑】

妙に癪（しゃく）に障る文面。

そのまま貼付された写真の方へ目を向けると、その中心には見覚えのある少女が数人の女性に囲まれて無表情で佇んでいた。絹みたいな白髪、血より赤い大きな瞳。

アイドルが路傍の石ころに見えるレベルの美貌を備えたその少女は、まるで今俺の横にいるステイルシアのようで……。

「……え、なんでお前ツイッターで拡散されてんの？」

「ついったー……？　あぁ、さっきの人たちが言ってたな。回覧板みたいなものだろ？」

「世界規模のな!?　あぁぁぁ……どうしてこうなるんだよ……！」

焦りに髪をわしゃわしゃしながら確認すると、既にいいねの数は千を超えていた。投稿から十数分でこれだから、もっと増えるだろう。あと俺のこと陰キャって書いた店員許さないからな。

「や、厄日だ……」

「生きてりゃそのうち良いことあるよ」

「大体お前のせいなんだよなぁ……」

Chapter 1

変貌する世界

——押し寄せる悪意たちは渚(みぎわ)を越え、
少しずつ牙を剝き始める。

「じゃあ行ってくるから、腹減ったら冷蔵庫のブリ大根チンして食べろよ」

「あ……ちょっと待って！」

休みが終わり、月曜日。学校に行くため制服に着替えた俺は、玄関で靴を履きながらリビングのスティルシアにそう呼び掛けた。

するとスティルシアは小走りでやって来て、俺へ何かを差し出す。

スティルシアの手に乗った小さい箱のようなそれは、揺れる度に中からジャラジャラと変な音が聞こえてくる。……なんだ、これ？

「弁当か？　悪いけどもう持ったぞ」

「違うよ。もっと良いものさ。昨日がんばって用意したんだ。学舎(まなびや)に行くんだろ？　お守りみたいなものだよ」

「お守り……？　いや、良く分かんないけどバスに遅れるから行くわ」

「うん、いってらっしゃいだね」

スティルシアから貰った小箱をリュックに捩じ込み、俺はチャリでバスの停留所まで急ぐ。

……なんだか、いつもと比べて自転車を漕ぐのが楽になった気がする。

あのビー玉……スティルシア曰く〝魔核〟を取り込んだせいだろうか。身体能力の増強、と言ってもこのぐらいなら日常生活が楽になって良いかもしれない。

停留所の横に自転車を置き、鍵をかける。それから数分でバスが来た。

俺の家からバス停までチャリで三十分。そしてバス停から高校までは更に一時間以上も掛かる。

ド田舎ゆえほぼ無人なので先頭の座席に座るとすぐに発車した。

そう言えば……あの箱には何が入っているんだろうな。暇だから見てみるか。

俺はリュックから小箱を取り出した。やはり、中からジャラジャラと奇妙な音が聞こえる。

その蓋に指を掛け、少しワクワクしながら開けた。

「箱の中身はなんじゃらほいって、な……」

——目を疑う。箱の内部に詰まっていたのは、深紅のビー玉。ジャラジャラという音はこいつらが犇(ひし)めき合う事によって発生していたらしい。……〝魔核〟だ。

「ええ……」
十、二十、三十——いや、もっと。
蓋の裏側にはマジックペンで【君が料理作ってる間とかに家の周りでこっそり集めてました！ご飯のお礼だよ！】と書かれている。俺そっくりな字だ。俺は放心状態のままパタンと蓋を閉め直した。

……とりあえずしまっておいて、帰ったらスティルシアに突き返そう。

箱をリュックの一番奥のチャックが付いてる場所に入れて溜め息を吐いた。

悪気は無いんだろうけどなぁ……カルチャーショックと言うか、価値観の違いと言うか。

世界一つ跨いだ意識の差は難しい所だ。

「うーっす……」

　学校へ問題なくたどり着き、小声で挨拶しながら俺は自分の教室へ入った。なにやら、いつにも増して騒がしい。

「おぉ！　来たな我が同胞！」

「ふふ……盟友よ、ジャッジメント・アポカリプスは近いよ……」

　そんな中、俺が向かうのは当然の如く隅っこでニヤニヤしている二人のグループ。俺と合わせて三人、クラスの底辺と言っても良い。

　一人は番台綱吉（ばんだいつなよし）。

『一昔前のオタク』のイメージをそのまま落とし込んだような風貌と性格で、眼鏡を掛けた太った男だ。そのせいか年中夏服を着ている。たまに臭い。

　麻雀（マージャン）とパケモンが鬼のように強いが、一緒にやってくれる友達が居ないと嘆いている。

　もう一人は阿頼耶識櫛名田（あらやしきくしなだ）。

　こいつを一言で説明するのなら『本気で自分を神と思い込んでいる奴』だ。成績優秀でスポーツも万能。それなのに父親が結構大きい新興宗教の教祖らしいから、そのせいでこうなったのかもしれない。

　整った女顔なのでクラス替えした当日は女子から人気だったが、次第にヤバイ奴だと発覚して底辺落ちした。話してみると意外と良い奴だ。ヤバい奴だけど。

……うん、ロクな奴が居ないな俺の周り。でも人間は一人では生きていけない。そしてこのクラスで俺と仲良くしてくれるのはこいつらしか居ないわけで。

「むはっ、むははは……！　同胞よ！　ついに、ついに吾の時代が来たのだ！」

「何がだよ」

「ニュース見たかい？　各国に謎の生物が現れて、それの死体から採れる玉を食べれば身体機能が強くなるってやつ。それでバンダイが盛り上がっててさ。まぁボクは神だからそんなの必要無いけど」

「赤い玉を食えば強くなるという噂だ！　現実世界でレベルアップモノは鉄板だからな！　そして……これを見るのだ！」

バンダイはズボンのポケットをまさぐり、取り出した何かを俺に見せ付けてきた。

手に乗ったそれは、三つの赤いビー玉。

……本物っぽい。なんでこいつが持ってるんだ。

「へー……」

「実物だぞ！　吾の家の近くの溝にスライムが挟まっててな！　クラスのカーストトップ連中も〝スライム狩り〟に励んでいるらしいが、奴らの中では多い者でも一つや二つしか見つけられていない！　これで吾も下克上し、イケイケな学園生活を――！」

「おいうるせぇぞ陰キャども！」

「ひぃぃぃぃ！！！　ごめんなさぃぃぃぃぃ！！！」

ヒートアップし大声で演説していたバンダイに、クラスのヤンキーから怒号が飛んだ。バンダイは悲鳴を上げながらジャンピング土下座する。

額から伝った汗がぼたぼた床に落ちる。女子たちの冷たい視線が突き刺さった。

「ぐ、ぐぬぅ、奴らめ……今に見ていろ……」

椅子に座り直しながらバンダイが悪態をつく。

どうやら、クラスが騒がしいのはこの〝魔核〟を手に入れた数を競いあっているかららしい。

……俺は気まずくなりながらリュックのポケットを撫でた。

間違っても『うちのエルフが四十個ぐらい取ってきました』なんて言える空気ではない。

「よし……二人とも、これを受け取れぃ！」

しばらく沈黙していたバンダイは何かを思い立ったように、俺たちの前に魔核を置いた。

「……？　なんだよ」

「ふはは……桃園の誓いだ！　それを食え！　我ら、生まれた時は違えど死ぬときは同じ！　必ずあの陽キャどもを見返し、そしてコスプレイヤーの彼女を作ろ——」

「いらねぇよ」

「ボクには必要無い……なぜなら神だから」

「なんでだぁぁ！」

「うぜぇぇぇ！　クソデブがよぉぉぉ！」

「ひぃぃぃぃぃ！」

「帰り、アニマイトにでも行かぬか？」

帰りのホームルームが終わり、俺が教科書類をリュックにしまっていると、バンダイが机に近付いてきてそう言った。ちなみにクシナダは毎回迎えの車が来るから早々に帰った。

俺はバンダイに行く――と言いかけて、スティルシアの事が脳裏を掠めた。

早く帰ってあいつのご飯作ってやらないといけないんだった。昼の分しか作り置きしていない。

「あー、悪い。スティ……ペットが待ってるから無理だ」

「なぬ……犬でも飼い始めたのか。良い傾向だな！　祖母が亡くなってから貴様はどこか寂しそうだった。いつか家に見に行っても良いか？」

「は、はは、機会があればな」

それから俺とバンダイは学校から出て、他愛（たわい）も無い話をしながら駅まで歩いていた。

バンダイは前の日から店に並んだお陰で例のラノベを買えたらしい。イカれてやがる。

しばらく内容について熱弁を振るっていたが、それでも話題が無くなった頃にふと、といった感じでスマホを取り出した。

「そういえばこれ見たか？」

バンダイが見せてきたスマホの画面には――スティルシアが写っていた。

恐らくツイッターからだろう。顔が強張りそうになるのを必死に抑える。

「あー、それなー、うん、いや、知らないなー！」

「知らないのか!?　ったく、貴様は世情に疎いにも程があるぞ……まさかこの『ネットアイドル・エル★フィーネちゃん』も把握していないとは」

「おいちょっと待て」

いや誰だよそいつ。なんだそのふざけた名前は。スティルシアに掠ってすらないぞ。

「なんだよそれ!?」

「先週の日曜日にツイッターに現れた超新星！　エルフのような長耳の美少女！　純白のまつ毛に縁取られたミステリアスな赤い瞳が魅力で――」

……あ、エルフだからエルフィーネなのか。そんなどうでも良い納得をしながら頭を抱える。

試しにインターネットで検索をかけてみると、掲示板サイトなどで幾つかスレが立っていた。

『【リアルエルフ】エル★フィーネちゃんについて語るスレ』だの、『【エルフィーネ捜索スレ】』だの。

「まぁ、貴様のような人妻マニアは興味無いかもしれんな」

「うるせぇよ誰が人妻マニアだ熟女もイケるわ。四十五歳以下に欲情するとかロリコンかよお前」

「そ、そうか……」

……まぁ、広まってしまったものは仕方がない。スティルシアにはできるだけ外出しないようにしてもらおう。

複雑な顔をするバンダイから目を逸らし、今日の夕飯を何にしようか考える。

昼は魚だったから夜は肉にするか。いや、確か冷蔵庫に鮭があったな……。

「……あれ、お、おい、なんか、空が変ではないか？」

物思いにふけっていると、横からバンダイが肩を揺すってきた。

……空？　空がどうしたんだ。俺は首をもたげ、青空を見上げる——


「なんだ、あれ」

——空にかかっていたのは、ドス黒いオーロラ。まるで絵画に墨汁を撒き散らしたかの如く、晴れ晴れとした空に真っ黒な亀裂が走っている。あれ、は……？

「きゃあぁぁぁぁぁぁぁ！」

右手の方向から悲鳴が聞こえる。

そちらへ向くと、そこには深緑色の皮膚をした小学校低学年ほどの子供が何十人も立っていた。

子供と言ってもそれは身長だけの話で、顔はむしろ彫りが深く凶悪と言って良い。全くの無毛なのも気味が悪い。筋肉もそれなりにある。そして、各々がこん棒や槍などの武器を携えていた。心臓が早鐘みたいに脈打つのが分かる。

「な、なんなのよアンタら!?」

ＯＬ風の女性がその集団に怒鳴った。

そいつらは言葉なのか呻きなのかも分からない奇妙な鳴き声を上げながら女性へと振り向く。

「■■■、■■■■!」

「な、なによ！ なんだってん、の……よ、ぉ」

――先頭に立っていた緑小人が飛び上がり、小柄とは思えない凄まじい速度で女性にこん棒を振りかぶった。横薙ぎに殴打された女性の頭部は、熟れた柘榴（ざくろ）のように爆散して周囲に真っ赤な脳漿（のうしょう）を撒き散らす。

「あ、え……?」

ゲギャゲギャと嗤（わら）いながら四つん這いになって死骸を貪る緑人たち。湿った舌が新鮮な肉を舐め回す水音が鼓膜を揺らす。

――まて、おかしい。状況が呑み込めない。横で嘔吐するバンダイが見える。それが俺の意識を一気に現実へ引き戻した。――殺される、殺される、殺される、逃げなければ。

「逃げるぞ……!」

「あ、えっ、し、しかし、助けなければ……」

「もう助からねぇ……！」

バンダイの手を引き、俺は奴らと真反対の方角へ走り出した。

……奴らはあの集団だけではないらしい。更に遠くからも骨肉が砕ける音と悲鳴が聞こえる。

俺たちは、ビルとビルの隙間へ入り込んだ。

「ひぃ、ひぃ……！　こ、こんなに足速かったか？　貴様……？」

「良いから走れ！」

ゼヒゼヒと息を切らすバンダイの手を掴んで、俺たちは暗い路地を全力疾走する。邪魔な障害物を回避し、時には蹴り壊す。身体能力の向上を実感すると同時に、ここまで無茶しても少ししか息切れしない自分を若干怖く思った。

一分ほど走って、寂れた廃墟を見つけた。あそこなら隠れられそうだ。

素早く入り込み、壁の陰に隠れて座り込む。

「ぜぇ、ぜぇっ……な、なんなんだ、あのバケモノたちはっ!?　お、女の人の頭が、頭が……うぷっ」

再び嘔吐するバンダイを横目で見ながら、俺は無意識に自分の歯がガチガチと震えている事に気が付いた。それを抑えるため、力強く歯を噛み締める。

……死体を直接見るのは人生で二回目、祖母の通夜以来だ。祖母の『死』は、死に化粧がしっかり成されていて綺麗な印象を覚えたが、先ほどの『死』は惨（むご）たらしく残酷なものだった。数秒前まで普通に生きていた人間が、単なる肉の塊へ変わる光景。

腹の底から涌き出るような恐怖が、俺の心を支配していた。……その時ふと、スティルシアの言葉を思い出す。

『私の世界では、厄介なモノを別世界へ捨てるというのが流行っていてね。前までは人や物品だけだったんだが……モンスターも送り始めたらしい。まずは弱いのを送って実験しているんだろう』

確かに、こう言っていた。最初に現れたヤツが〝スライム〟だとしたら……さっきの緑小人は、〝ゴブリン〟ってとこか？

まずは弱いのを送って実験している――という言葉からして、段階的に送るモンスターを強くしているのは想像できる。

「黒い、オーロラ……異世界から、モンスターが送られてきたのか……？」

「な、なにを言ってるのだ友よっ！　そういう話は嫌いじゃないし大好きだが、今は貴様と中二談義に興じていられる状況じゃないのだ！」

ギシッ。

「ひぃぃぃぃ！」

「汗くせぇから寄るんじゃねぇよ……ほら、お前が急に立ち上がるから足場が軋(きし)んだだけだよ」

バンダイは半泣きで足元を確認し、安心したように大きな溜め息を吐きながらへたり込んだ。

「わ……吾も、ビビり過ぎかもしれんな。貴様を見習うべきだ……ようし、やられっぱなしっててのも癪だ！　こんなんじゃレイヤーの彼女もできん！　奴らに打って出るぞ友よ！」

「なんでお前はそうゼロか百かしか無いんだ……」

「へへっ」と洋画で序盤に死ぬ陽気な友人キャラみたいな笑い方をしながら、バンダイはポケットをまさぐる。しかし、なぜか少しずつ顔が青くなっていった。

「どうした」

「な、無い……」

「え？」

「ビー玉、落とした……」

丸い顔をムンクの叫びみたいに歪めながら、バンダイは地面に項垂れる。確かこいつポケットに入れてたな、さっき走った時に落としたのか。別に問題じゃない。あと四十個以上あるし。

「大丈夫だって。実は俺――」

「■■、■■■■！」

――その時、薄汚い叫び声が俺の鼓膜を叩いた。

咄嗟に声の方向を見ると、そこには出入り口からこちらを覗くように顔を出した〝ゴブリン〟が立っていた。しわくちゃの顔を加虐心に歪め、黄色いガチャ歯を見せつけながら。

なんで、見つかった。そう思いながらゴブリンを見ていると、ヤツの右手に三つの赤いビー玉が握られているのが見えた。

恐らくバンダイが落としたものだろう、これを辿られたのか。ヘンゼルとグレーテルかよ。馬鹿みてぇだ。

「あ、あ……！　来るなぁ！」

「……さ、下がってろ。バンダイ」

ゴブリンの姿を見て錯乱状態になったバンダイを後ろに下がらせ、俺はヤツを睨んだ。

『一人でも狩れる相手だ』と思ったのか、あるいは獲物を独り占めするためか。ゴブリンは二対一にも拘わらず仲間を呼ぼうとはしないようだった。

……一匹なら、やれるか？　向こうの武器は七十センチ程のこん棒と、腰に差した石のナイフ。大した武器じゃないがこちらは丸腰だ。リュックから魔核を取り出している時間も無い。

「■■■■！」

「っ……」

地面を蹴って飛び上がり、ゴブリンは恐ろしい速さで俺に突撃してきた。

空中で振りかぶられたこん棒がやけにゆっくりと見える。食らったら死ぬと本能で理解した。無理だ。かわせな――

「あ……ぐ、ぅ!?」

「■■■■！」

こん棒が頭を打ち砕く寸前で、咄嗟に腕を挟み込みガードした。メキャメキャ骨が砕ける音。それでも力を殺しきれず、俺は吹き飛んで建物の内壁に勢い良く叩きつけられた。

「か、はっ」

背中を打ち付け肺から空気が押し出される。左腕が焼けるように痛い。状態を確認すると、前腕の骨が砕けてあらぬ方向へ折れていた。真っ赤な傷口の奥に骨らしき白い物が見える。ダクダクと噴水のように涌き出る赤い血潮に顔をしかめた。

「■■」

こん棒を肩に載せ、ゴブリンは機嫌が良さそうに歩み寄ってくる。とどめを刺すつもりだろうか。

……近づいてきたところで、顎に一発かましてやる。バケモノとはいえ人型だ。脳を揺らせば昏倒するだろう。

「こっ……！　こなくそ！　わ、吾の友達になにすんだ貴様ぁぁぁ！」

べしっ、という音と共にバンダイが叫んだ。泣きながら折り畳み傘でゴブリンをぶっ叩いている。

もちろん全く効いていない。ゴブリンは『なんだこいつ』という顔でバンダイの方を向く。

……チャンスだ。俺は痛みを堪(こら)えながら立ち上がり、背後からゴブリンの首を締め上げた。

昔見た格闘技の試合を思い出しながら力を込める。無事な方の腕でゴブリンの喉仏を思い切り圧迫した。

「■■■■!?」

口端から泡を吹きながら、ゴブリンが手足を滅茶苦茶に動かして抵抗した。思わず拘束が緩む。

完全に決まった裸締めからは逃れられない――などとどこぞの格闘漫画で言っていたが、それは人間同士の話。人外の膂力(りょりょく)を持ったこいつには該当しない。

まるでデカイ昆虫を抑え込んでいるみたいだ。小さな体に恐ろしい密度の筋繊維が詰まっているのだろう。

「が、ぐっ!?」

ゴブリンの振り回した拳が、俺の側頭部を抉った。

一瞬だけ意識が遠退いて、完全に腕から逃れられてしまう。ゴブリンはそのまま転がるようにして俺から距離を取り、首の辺りを押さえながら過呼吸になっていた。

……幸い、かなりダメージは残っているみたいだな。このまま終わりにしてやる。ゴブリンが落としたこん棒を手に取り、地面に倒れたヤツへと近付いていく。

「■■■■……! ■■■■■!」

ヤツは地に伏せたまま俺を忌々しげに睨んだ。そして、手に握っていた三つのビー玉を口に入れる。

――バンダイの魔核だ、まだ持ってやがったのか。まず――

「■■■■■■■■!」

――それは、獣のような咆哮だった。

先ほどまでのどこか悪童じみた甲高いものとは異なる、腹の奥が震える轟音。

ゴブリンの筋肉がボコボコと、液体が沸騰したように隆起していく。

ピキピキと骨の成長する音も聞こえてくる。まるで、生き物の成長記録を早送りしているような馬鹿げた光景。

「は、はは……んだよ、それ……」

数秒後には既に、そこに先ほどまでの小鬼（ゴブリン）の姿は無く。代わりに、体長二メートルを優に超える〝鬼〟が怒りの形相で俺を見詰めていた。

「ぁ」

――丸太の如き太さの豪腕が、目にも留まらぬ速さで俺へ叩き込まれた。内臓が傷ついたのか喉に鉄の味が込み上げる。ゴム鞠のように地面を跳ねながら転がり、視界が目まぐるしく変化する。

「お、おい……？　し、死ぬな！　おい!?」

バンダイが駆け寄ってきて体を揺するが、俺は指先さえまともに動かせない。霞む視界の端に、のしのし歩いてくる鬼が見えた。

「ばん、だい、俺の、リュック、よこせ、ぇ！」

「な、なんで……」

「はやくしろ！」

「わ、わかったから、わかったから喋るな……！」

俺の横に投げ付けられたリュックの中身を掻き回し、冷たい箱の感触を探す。……あった、これだ。手探りで蓋を外し、中からできるだけ多くの魔核を摑み取る。

それを自分の口に押し込んだ。嚙み砕き、一気に飲み込む。

「あ、ぁ……、あぁあぁあぁあ!?」

——体が、燃えるように熱い。全身の血液が全てマグマに変わったみたいだ。

と、同時に負傷した箇所からビキビキと音がする。次の瞬間には痛みが消えた。

体が異常に軽い。心臓が馬鹿みたいに速く脈打つ。今なら誰にも負ける気がしない。

立ち上がって眼前の鬼を睨んだ。

「■■……■■■■!」

俺の変化に気が付いたのか一瞬躊躇(ためら)う様子を見せる鬼だが、自らを奮い立たせるように吠えながら走ってくる。先ほどと比べ、随分と遅く見えた。

俺は崩れかけの壁に手をかけて、その一部を抉り取った。そしてコンクリートの破片でヤツの頭をぶん殴る。卵を割るようなパギャ、という嫌な感覚が手に伝わってきた。

「■■■■……!」

頭蓋骨を陥没させて、鬼はよろけながら地面に倒れる。

その後何度か痙攣して、完全に動きを止めた。肉体が灰になって深紅の球体だけが残る。

……勝った、のか……? 俺はビクビクしながら球体を爪先でつっつく。動き出す様子はない。

本当に倒したようだ。

「す、凄いぞ友よ！　こんなバケモノに勝つなんて……！　絶対に死んだと思ったもん吾たち！」

「お、おぅ……」

大はしゃぎで叫ぶバンダイを見ながら、俺は地面に座り込んだ。スマホを取り出しニュースサイトを開く。トップには『世界各国の人口密集地に謎の人型生命体』と記されていた。

……やっぱり、前の〝スライム〟と同じか。世界中でここと似たような現象が起こっているらしい。

『人口密集地』という言い方からして、俺の家の近くには大して湧いてないだろうが……スティルシアは大丈夫だろうか。

File2-A【矮躯侵虐妖生命体(リトル・ゴブリン)】脅威グレードD-

パワー：D-
スピード：E+
耐久力：E
進化力：A+
知能：F
Ability：『高い治癒力』

ツキノワグマを凌駕する筋力とカラスに並ぶ知性を備えた人型の生命体。

それに加えピストル弾を回避する程度の反射神経も持つため、魔核を摂取していない人間が遭遇した際には逃走が推奨されている。

File2―B 【中躯侵虐妖生命体(ホブ・ゴブリン)】 脅威グレードD

パワー：D+
スピード：D
耐久力：D
進化力：A+
知能：F
Ability：『高い治癒力』

大型の肉食獣を遥かに凌駕する筋力を備えた人型の生命体。

並の銃弾では致命傷を与える事は難しく、ライフル弾を頭に命中させても即死しなかったという報告も上がっている。戦力の目安として、小型の戦車と同等の危険度を持つ。

「お、おおぉ……なんでこんなに持ってるんだ貴様……？」

廃墟の中、俺とバンダイは床に並べた二十個以上のビー玉を見ていた。……こんなの食いたくはない、食いたくはないが、この地獄を生き延びるためには必要だ。背に腹は代えられない。

「二人で十個ずつ食うぞ」

半分をバンダイへ渡し、俺はもう半分を自分の口に詰め込んだ。……ガラス質なようで、中身はふやけたグミみたいにグニグニした感触。僅かに血らしき味もする。酷い味だ。

飲み込んだ瞬間に、体内を熱が駆け巡る。筋肉が重厚になり際限無く力が入るようになる。肺活量や心拍数も大きく上がった気がした。

ふとバンダイの方を見ると、冷や汗をかきながら魔核と向き合っている。

「いや……いざ食べるってなると躊躇（ちゅうちょ）するんですけど……だってビー玉じゃんこれ……」

「おい？」

「それに大体、こういうアイテムって何らかの代償が付き物だし……寿命とか減ったらフルダイブのVRゲームが発売するまで生きるっていう人生の目標が果たせないし……」

「おーい？」

「吾、お腹弱いし……」

「おーい……？」

ぶつぶつと何かを呟きながら、バンダイは俯いた。それから何かを決心したように顔を上げる。

「よし決めた！　吾は食わんぞ！」

「なんでだよ……」

「とにかくっ！　これは貴様に返す！　だから貴様が吾を守ってくれ！」

「清々しいなお前」

キッパリ言いながら魔核を全て差し出してきたバンダイから、溜め息を吐いて受け取った。

こいつの事だから喜んで食うと思ったが、実際そうでもないらしい。俺は返ってきた魔核を口に入れて飲み込んだ。

「おぉぅ……一気にいくな貴様は……」

「あのバケモノ見たろ。こうでもしなきゃ殺されるんだよ」

そう言いながらゴブリンの方へ振り向くと、既に肉体は灰になっていて、その上にスライムより二回り大きい赤珠が鎮座していた。

ゴブリンの魔核だ。予想はしていたがスライム以外のモンスターも魔核を落とすらしい。俺はゴブリンの魔核を拾い、ゴチュリと噛み砕いた。

「ふぅ……」

壁際に座り込み、これからどうするかを考える。

通りの方からは今も悲痛な叫び声が響いてくる……警察の機動部隊や自衛隊が鎮圧に来てくれれば良いが、全国で同時多発的に起こっているなら、この街に割ける人手がそこまで多いとは思えない。

この廃墟だっていつまでも無事とは限らない。それに食料もほとんど無いんだ。なら、食料や水道設備が整っている学校などを目指すべきだろう。学校には非常用の電力や食料、寝袋などが置いてあると聞いた事がある。

「行くぞ、バンダイ」

「え、行くって……アニマイトに？」

「頭沸いてんのかお前。学校だよ」

注意しながら廃墟を出て、大通りの方へ歩いていく。

……風に乗って、噎せ返るような血の臭いがする。先にある惨状は容易に想像できた。だがどうせいつかは見なければいけない。俺は意を決して一歩踏み出した。

「……っ、ひっ、どいな」

そこは、正に地獄と呼ぶに相応しい光景だった。

肉片がそこらに飛び散り、死体を中心に幾つもの血溜まりが形成されている。

死んだゴブリンの魔核は仲間に共食いされていて、食った側のゴブリンが肥大化して先ほどの〝鬼〟へ変貌している。

……殺せたとしても、少しでも放置すればどんどん強い個体が発生していくのか。恐ろしい生態だ。

「な、なんだよこいつ!? 倒したのに、でっかいのが……!」

「男なんだからそのぐらい殺しなさいよっ!? スライム狩りしたんでしょ!?」

その時、遠くから切羽詰まった男女の声が聞こえてくる。

そちらを見るとそこに居たのは俺と同じ制服の学生。クラスメイトだ。四人居る。大型のゴブリンに壁際まで追い詰められていた。

全力で走り、二秒足らずでゴブリンの背後まで移動した。俺の気配に気が付いて振り向いた瞬間に顎へ右ストレートを叩き込む。

「■■■■!?」

「くたばれ……!」

のけぞったゴブリンに追い討ちをかけるため、鳩尾(みぞおち)に膝蹴りを入れた。地面に倒れた所で頭を何度も踏み潰す。そこでやっとゴブリンは灰になった。

……不意討ちしたお陰で楽に倒せた。でも拳が割れるように痛い。次は武器を用意しよう。

「大丈……」

「っ、どけカス!」

『大丈夫か』と言おうとして、クラスメイトの一人に突き飛ばされた。

そいつはゴブリンの灰の山を必死の形相で漁って、見つけた魔核を自分のポケットにしまいこんで逃げていった。

残った奴らも、一瞬迷ってからそいつを追いかけていく。

「だ、大丈夫か友よ!?　助けてやったのにあの陽キャどもめ。吾らをなんだと思っているのだ……」

「あいつらは俺の事なんてどうも思ってないよ」

ズボンに付いた土を払いながら、深い溜め息を吐いた。

……学生の間においてスクールカーストは絶対だ。ああいう手合いは下の奴には何しても良いと本気で思ってる。

「……じゃ、気を取り直して学校に……」

「■■■■■■■■■■!」

──耳をつんざく咆哮。それと同時に、真横にあったビルが巨大な五指の形に抉れた。

「んだよ……今度、は……っ!?」

それは、恐ろしく巨体だった。

さっきの〝鬼〟を更に凶悪に、巨大にしたような風貌。表皮に太い血管がいくつも浮かび上がり、赤熱した傷跡はこの個体の歴戦を感じさせた。

身長は軽く八メートルを超えている。巨鬼とでも呼ぶべきか、恐ろしく巨大なゴブリンはビルを薙ぎ倒しながら俺へ向かってきた。

──あ、こいつはやばい。そう直感した。

「あ、あばばば……」

「しっかりしろ！　逃げるぞ!?」

バンダイを担いで、巨鬼と反対の方向に猛ダッシュする。ヤツが走る度にアスファルトの地面が陥没して地鳴りが起こる。まさに生きた災害。キングコングも真っ青だ。こういうのは怪獣映画から出てこないでほしい。

「は、発砲する！」

巨鬼の進路の先、拳銃を構えた警官が俺へそう言った。それから幾度かの銃声、発射された銃弾は巨鬼のブ厚い胸板に食い込んで止まった。まるで効いていない。

駄目だ。拳銃なんかじゃ熊さえ殺せない。あの怪物にダメージを与えるにはせめてライフルでもなければ。

しかし多少の痛みはあったのか、巨鬼の標的が俺から警察官の方へと変わった。

摑まれた後、あっという間に握り潰され超常の握力で警察官の体がミンチになる。

ボリボリという咀嚼（そしゃく）音に耳を塞ぎたくなった。

「はぁ、はぁ……！　撒いたか……!?」

「あ、あぁ。もう追ってきてないぞ」

その言葉に安心し、思わず地面にへたり込む。

なんとか、助かった。あの巨鬼を倒すのは今の俺じゃ絶対に無理だ。次元が違いすぎる。

ビル群の向こう側からあいつの暴れまわる音が聞こえてきた。おもちゃのジオラマみたいに崩壊する街。まるで特撮の怪獣だ。本当に規模が違う。

……とりあえず、もう少しあいつから距離を取ろう。そう思いながら、俺は立ち上がる。

「君たち、こちらへ」

その時、背後から男の声が聞こえた。

振り向くと、そこに立っていたのは白フードの集団。全員が純白のコートを着込み、胸のバッジには『神の存在証明』と記されている、総勢二十人ほど。

……なんだこいつら。危ない宗教か何かだろうか。俺たちに声をかけた先頭の奴は、手に持ったアタッシュケースを地面に置きながら横に停めた車の扉を開ける。

「……誰ですか？」

「私たちはしがない慈善団体ですよ。この街の人々を救済しに参りました。この車に乗りなさい。我々のシェルターか、ご希望なら自宅までお送りします」

白フードの男は、丁寧かつ穏和な口調で俺にそう告げた。……凄まじく胡散臭い。シェルター？しかも救済ってなんだ。

「救済？」

「えぇ、そう。救済です……おい、組み立ては終わったか？」

「こちらに」

部下らしき別の白フードが、男に黒い筒状の物体を差し出した。恐らくアタッシュケースに入っていたのだろう。

近年のバトルロワイヤルゲームなどで良く見かけるそれは——俗に言う、ロケットランチャーというヤツだった。

……本物か？　そんなわけが無いが、なぜか頬を汗が伝う。

「この街から異界徒どもを一掃します」

ビルの隙間から見える巨鬼へ、ロケットランチャーの照準が合わせられた。手袋に包まれた男の指が、引き金を引く。——瞬間、何かが弾けるような音。

「っ！　マジ、かよ……!?」

轟音と共に発射された巨大な弾丸は、巨鬼の肩に命中して大爆発を起こす。ヤツの肩が根元から吹き飛び、洪水のように血液が噴き出た。嘘だろ、本物の兵器……!?

「■■■■■■!?」

巨鬼が、苦悶の声を上げながらこちらを向く。そして傷口から蒸気が発生したと思った瞬間、肉がもりもりと膨張して腕を再生させた。

「ほう、欠損部位の再生も可能なのか」

怒りの咆哮と共に突進してくる巨鬼を見ながら、男は冷静にそう分析する。ロケットランチャーでも一撃では殺せないのか。

俺がその生物として常識外れな耐久力に唖然としていると、奴らの車から声が聞こえてきて「乗りなさい」と言われた。

選択肢はほぼ無いようなものだった。巨鬼から逃れるため、俺とバンダイはそこに乗り込む。

「どこまでお送りしますか」

「……俺は、家まで」

「わ、吾は、安全な場所まで……」

「承知しました。では道案内をお願いします」と言って、ドライバーは車を発進させた。背後から、銃声と爆発音が聞こえてくる。

……一体何者なんだこいつらは。

目的はなんだ？　軍ではないだろうに、なぜあんな兵器を持っているんだ。

「……何が目的なんですか？」

「ただ、善を成す事です。それこそが我らが主の存在証明になります」

わけの分からない回答をしながら、運転席の白フードが瓦礫の街を縫うように車を走らせる。

そうして数十分後、俺の家の近くで車が止まった。俺は車から降りて運転席へ頭を下げる。

「あ、ありがとうございました……？」

「いえ、人は助け合いですから。力を持つ者は、持たざる者を庇護する義務があるのです」

微笑(ほほえ)んでそう言い、白フードの乗った車は去っていった。……本当に、何もされなかった。どこかに連れ去られるのではと身構えていたが。

若干拍子抜けな気持ちで、俺は家まで歩いていく。坂を登り、祖母の遺した武家屋敷が見えてくる。遠くから見た感じ破損は無さそうだ……良かった。

「ただい、ま……」

「おかえり。朝のあれ役に立ったろ？　そろそろ第二波が来るかもとは思ってたんだ」

家の前まで来ると、玄関口の段差にスティルシアが座っていた。

いやそれは良い。その近くにあった『モノ』を見て俺は、口をぽっかり開けたまま固まってしまう。

――スティルシアの目の前、家の敷居を跨ぐ直前の巨鬼がその体勢のまま胸に大穴をブチ抜かれて死んでいた。

「ぁ、あ……！　なんで、こいつが……！」

「あぁ、これかい？　私の魔力を嗅ぎ付けてきたみたいでね……まあ大した奴じゃなくて良かったよ。君とおばあさんの、大切な家を守れて良かった」

そう言いながらスティルシアは、その端整な顔をにぱっと笑顔にした。

スティルシアが倒したのか……？　こいつを。

俺は少しずつ灰になっていく巨鬼を啞然と見る。ロケットランチャーでさえ腕を吹き飛ばすのが精一杯だったのに、胸部がくり抜かれたみたいに直径三メートル程の風穴が空いている。

一体、どんな凄まじい力で攻撃すればこうなるのか。

「……お前、今日こんな事が起こるって知ってたのか？」

「ううん、単なる予想だよ。ヤマカンってやつだね。スライムを送るのに成功したならきっと奴らはすぐ次に移る。だから君に魔核を持たせた。本当は私が付いていきたかったんだけど……場所が学舎じゃ、流石(さすが)に無理があるだろ？」

「……それを皆に知らせれば、多くの人が助かったんじゃないのか」

「他人に示せるような証拠が無い。そんな状態でゴブリン襲来を知らせて回ったって誰も信じないし、最悪この被害自体がそれを事前に知っていた君のせいって事にされて、世間から吊るし上げられかねないよ」

「そんな、こと」

「そうなるよ。人ってのは目先の問題を誰かのせいにしないと前に進めない変わった生き物だからね」

「それに勘違いしないでほしいけど、私は君の味方なのであって人類の味方ではない」とスティルシアは言った。俺はそれに何も言葉が出なくなり、きゅっと口をつぐむ。

……もしかして、本を買いに行く時に付いてきたのも、俺を守るためだったのだろうか？

しかし当の本人はにこにこしているだけで何も言わない。

「……まさか、昨日付いてきたのは」

「それは君とお出かけしたかっただけだよ！」

「なんだお前」

file2―EX【巨駆侵虐妖生命体（ティタノス・オーガ）】脅威グレードC

パワー：B
スピード：F＋
耐久力：C
進化力：F
知能：F－
Ability：『高い再生力』

染色体に何らかの異常をきたしたゴブリン種、体長は八メートルを超える。赤熱した表皮から確認できる異常な新陳代謝ゆえ非常に短命で、発生から五時間程で息絶える。

筋力に反して知能は非常に低く、喉が渇いたのかトラックから七リットルのガソリンを摂取して死亡した個体も確認されている。

【全国に出現した謎の武装集団は、指定宗教団体『神の存在証明』の信者たちであると判明しました。彼らの用いる兵器は米軍基地から盗み出された物と推測されますが、国より迅速に動き多くの人命を救った彼らを英雄視する世論も――】

「大変そうだねぇ……外は」

「……そうだな」

緑茶をすすり、ぷはっと溜め息を吐くスティルシアを尻目に俺はテレビのニュースを渋い顔で見ていた。

……『神の存在証明』。昨日俺を助けた白フードの集団だ。

結果を言えば、ゴブリンたちは自衛隊や機動部隊……そして『神の存在証明』の力によって大方が鎮圧された。まだ残っている所もあるらしいが、すぐに討伐されるとの事だ。

全国での死者は推定で五千人。怪我を負った人も含めれば百万人を超えるらしい。

そんな大変な事になってるからもちろん学校は休みになった。だからこうして、朝っぱらからテレビを見ながらスティルシアと煎餅(せんべい)をかじっている。

画面の向こう側では大層な肩書きを背負った専門家やらコメンテーターやらが、やつらはアメリカの新型兵器だのエイリアンだのと的外れな論争を苛烈に繰り広げている。

「この……りょくちゃ？　美味しいね。すぐトイレに行きたくなるのが難点だけど」

「カフェインが多いからな」

まったりするスティルシアに反して、俺の心情は穏やかではなかった。

スライム、ゴブリン……次は、何が来るか。第二波のゴブリンでさえ人間社会にここまでの打撃を与えたんだ。これより強いのが来たら、世界は一体どうなってしまうのだろう。

「……どうしよう、ばあちゃん」

無意識に、ぼそりと口からその言葉が出た。

……あの人はもう居ない。俺は一人で祖母の遺したこの場所を守り続けなければいけないんだ。

「一人じゃないよ」

「……？」

その言葉に、俯けていた顔を上げる。スティルシアの赤い瞳が、俺の像を映して猫のように細まっていた。妖しく赤い光を放っている。

これは……初めて出会った時と同じだ。もしかして思考を読まれたのだろうか。

「……私は君のおばあさんみたいに立派な人じゃないし、その人以上に君を強くしてあげる事もきっとできない」

「でもね」と言ってからスティルシアは更に続ける。

「どんな強い人にも、そよ風で倒れてしまうぐらいに心が弱くなる日は必ずあるんだ。恥じる事じゃない。そういう日は、近くにいる人に甘えて良いんだよ」

「私とか！」と言わんばかりにスティルシアは笑顔で両腕を広げた。それについ笑ってしまう。なんか、こいつを見てると全部大丈夫な気がしてきた。いや気のせいなんだろうけど。

「ぷっ……げ、元気出たよ。ありがとな」

「そうでしょ。伊達に千年は生きてないよ……んっ、ごめっ、ちょっと、喋るのに集中し過ぎた……トイレ行ってくる！」

「子供じゃないんだからいちいち言うなよ千歳児。漏らすなよ」

「あぁぁぁ……なんでこんなに廊下が長いのさ……」

余裕無さげにトイレへ走っていくスティルシアを見送り、俺は再びテレビへ目線を移した。どこの局もゴブリン事件で持ちきりで、同じような内容ばかり放送している。

面白いのはやってないか、出鱈目（でたらめ）にチャンネルを回していると、とある情報が俺の目に留まった。

【昨今の異常事態を受け、新たに対策本部を特設する事が決定しました。対異常生命体用の駆除機関を編成し、更には未知エネルギー凝固体、通称〝アカダマ〟を摂取した民間人にも協力を――】

今回の被害で事の重大さに気が付いたのか、国も本格的にモンスターへの対応を始めたらしい。これで対抗できると良いが……あの巨鬼の怪物っぷりを見てると、どうしても不安になってくる。

『魔核を取り込み一人で中型のゴブリンを倒した英雄』として表彰されている若者を見ながら俺は

そう思った。

恐らく一人の英雄像を作り上げて、それを旗印に民間人に協力を募りやすくするのが狙いだろう。

ちなみに、先日スティルシアが倒した巨鬼の魔核は結局発見できなかった。

本人曰く「焦ってて心臓ごと吹き飛ばしちゃった」との事。わけが分からない。

「ふぅ……あ、あと二メートル遠かったら出てた……老人に優しくないよこの家は……」

ほっとした様子のスティルシアが手を拭きながら居間に帰ってきた。俺の横の座椅子にぽすっと座って、テレビの情報に耳を傾ける。

「魔核を取り込んだ民間人にモンスター討伐の協力を仰ぐって……ギルドみたいな事するねぇ、この国の政府」

「やっぱり、そっちの世界には冒険者ギルドとかあるのか？」

「大昔の話だけどね。最近はもっぱら勇者兵が……いや、この話はやめとこう。胸くそ悪いから」

今まで聞いた事が無いぐらい冷たい声でスティルシアはそう囁いた。……まあ、向こうの世界の事はどうだって良い。大事なのはこちらの世界でどうモンスターに対抗するかだ。

「……スティルシア、次はどんなモンスターが送られて来ると思う？」

「そうだねぇ……正直言うと、あまり予想できないんだ。ゴブリンが来たから次はオークか、それともサイクロプスか……はたまた調子に乗って竜種の末端まで出してくるか。向こう次第だからね」

……次に来るモンスターの種類は絞れないか。前もって特性や強さが分かれば被害を抑える事ができるかもしれなかったが、分からないものは仕方がない。

それに……聞きたい事は、もう一つある。魔核を食らった魔物の、異常な変化についてだ。

「……昨日、ゴブリン同士が共食いして巨大化するのを見たんだけど。あれはなんだ？」

「あぁ……見たのかい。それは〝昇華〟だよ」

……昇華？　なんだそれ。

俺が疑問そうにしていると、スティルシアは引き出しの中からスケッチブックを引っ張り出してきて、そこに『モンスターの生態について！』とでっかく書いた。

「良い機会だ。このスティルシア先生がモンスターについて、じっくりこってりばっちゃり教えてあげよう！」

「擬音が気持ち悪いなお前な」

鼻唄を歌いながら紙面にマジックペンを滑らせるスティルシア。

数分後、書き上がった何かの図をどや顔で「でんっ」と言いながら見せてきた。

「……なんだよそれ？」

「モンスターの進化図だよ。これはゴブリンの場合だね」

良く見れば、それは何体かの大きさが違う人型生物の絵だった。

矢印でどれがどう変化するか書いてある。

ゴブリン（通常種）↓ホブゴブリン↓ゴブリン・エース
ゴブリン・ジェネラル（亜種）↓ゴブリン・キング
オーガ（突然変異）

「ざっとこんな感じさ。昨日家の前で倒したのは『オーガ』だね」

……俺が見たのは、通常種とホブ。あと変異体のオーガだけだ。こいつの言う『エース』個体も『ジェネラル』個体も見てない。

「……オーガが一番強いのか？」

「いいや、エースが最強だよ。オーガは図体ばっかデカくて頭が弱いし、キング個体の統率にも反発するし……通常種より少しマシぐらいじゃないかな」

「マジかよ……けど俺はエースもジェネラルも見なかったぞ」

「進化個体が発生するのには時間が掛かるからね。今回は早急に数を減らせたから大丈夫……まあその場合もっと厄介なのが出ることもたまにあるんだけど、きっと問題無いよ」

本気でゾッとする。あの身体能力の怪物たちが更に強化されて、尚且つ群れとして統率されるなんて考えたくも無い。

「お前の世界で、人間はゴブリンにどうやって対応してたんだ？」

「種として絶滅させたよ。国が駆除を始めてから三日ぐらいで」

「……え？」

「まあ、正確には『魔核まで戻しただけ』だけどね。モンスターというのは基本的に不滅なんだ。核を放置すればすぐ復活するし、核を取り込んでも取り込んだ人間が死んで土に還ればまた発生するし……だから別世界に送る必要があったんだね」

別世界に転移云々の話で多少察してはいたが、どうやらスティルシアの世界はそこらへん物凄く発展しているらしい。

一つの種を絶滅させるなんて今の人類でも簡単な事じゃない。中世ファンタジーな世界を想像していたがどうやら違うらしい。

「……凄いな、そっちの世界は」

「いいや、この世界の方が何倍も素晴らしいよ。技術を破壊の為でなく人々の豊かさの為に役立てる。それにこの国は戦争をしないんだろ？　そんな国家が存在できる世界がどれだけ凄まじいか」

「そうかなぁ……」

「そうさ」

そう言ってから穏和な笑みでお茶を飲むスティルシアから目を離し、ソファに寝転がりながらしばらくぼーっと天井の木目を見ていると、ちょんちょんと肩を叩かれる。

振り向くと、そこにはテレビゲームのソフトを持ったスティルシアが立っていた。

「ねぇ、二人でこれやろうよ」

「うん……？　あぁ、ファンタジー系ＲＰＧか。このご時世にやるゲームじゃねぇだろそれ」

「良いから良いから！　私は魔法使いやるね！」

「クソ打たれ弱いぞその職……」

「……よし、行くぞスティルシア」

「すーぱーって所にお買い物に行くんだっけ？　私はハンバーグ食べたいな」

「挽き肉もちゃんと買うから安心しろ」

ゴブリン事件から三日後、食料の買い出しに行くため俺とスティルシアは玄関に居た。

耳は帽子とパーカーでガッチリ隠してある。髪も出てない。これなら目立たないだろう。

先週ぶりの外出とあってテンション高めなスティルシアは、前にスライムをぶっ叩いた例の棒を振り回しながら鼻唄を歌っている。

「ふふん、あのゲームならこれは『ひのきのぼう』だね。さあ冒険の旅に出発しよう！」

「多分それ檜（ひのき）じゃないしスーパーまで片道三十分ぐらいだぞ」

「細かい事はいいんだよっ！」

それから、二人で意気揚々と歩き出した。

気温はまるで夏が最後の抵抗をするみたいに、先週からずっと上がり調子だ。クソ暑い。十分程すると、さっきまで元気いっぱいだったスティルシアが、ぐでーっとしながら俺に寄りかかってくる。

「どうした」

「ね、ねえ、フード脱いで良い？　暑くて溶けちゃいそうだよ……」

白い顔に玉のような汗を浮かばせながら、助けを求めるようにスティルシアが言ってきた。

……確かにこの真夏日にパーカーはキツいな。

でも、周りにはまばらだが人が歩いている。ここで脱がせたら確実にバレてしまう。俺はリュックから取り出したスポーツドリンクを渡した。

「向こうに着いたらアイス買ってやるからこれで我慢しろ」

「うぅ……じゃあカリカリ君買ってね！　ぜったいだよ！　リッチじゃなきゃ駄目だよ……！」

「安上がりだなお前な」

そうこう言いながら歩き続け、遠くにスーパーが見えてきた。

……かなり混んでるな。田舎だからいつもはガラガラなのだが、街の方の店が軒並み駄目になったからこちらに流れてきたらしい。

俺は列の最後尾に並んだ。目の前にある長蛇の列を見て絶望したのか、スティルシアは「あぁぁ！」と叫びながら頭をわしゃわしゃした。珍しくイライラしている。

「昼飯は何にするか……」

「ハンバーグが良いな！」

「……あ、挽き肉完売だって。ハンバーグ無理だ」

「ハンバーグが良いなっ！」

「……怒ってる？」

「暑過ぎてきれそーだよ！」

普段は飄々としてるだけに、何か言うたびキレ気味に返してくるスティルシアは何だか面白い。いや本人からしたら死活問題なんだろうけど。

……と言っても、わりと本気で辛そうだし。先に帰らせるか。弱いモンスターなら出てきても俺一人で対応できるし。

「じゃあ先に帰ってて良いぞ。俺が一人で買い物してくるから」

「うぅん……その間に君がモンスターに襲われたらどうするのさ……」

薄い唇にスポドリを流し込みながら、スティルシアがそう言った。心配し過ぎだろ。

「ここ田舎だから大丈夫だろ。人口密集地に多く現れるってニュースで言ってたぞ」

「……それなんだけどね。多分、向こうの世界では『自分の世界と同じもの』を印にして転移を実行してるんだ」

……『自分の世界と同じもの』？　意味が分からない。

「どういう事だ？」

「例えば……私の世界には、この世界でいう『犬』が居ないんだ。『猫』も『熊』も居ない……でも、人間だけは同じように存在している。だからきっと、向こうの世界では『人間』が多い場所に条件付けしてモンスターを送ってるんだ。それが一番安定するから」

……つまり、『どちらの世界にも存在する種族』の居る場所にモンスターを送ってるということか。

「……そして、私は人間ではなくエルフだ。向こうの世界から見れば悪目立ちする……夜空に浮かぶ六等星の群れに一つだけ一等星が交じっているようなものだよ。私が近くに居るとモンスターに出会うリスクが上がってしまう」

申し訳無さそうに、スティルシアが言った。

まあ、それを含めてもスティルシアと一緒にいた方が安全だろう。兵器でも対抗できない怪物を倒せる奴なんて他に居ない。

……それに、そうじゃなくても。損得勘定で近しい人を見捨てる人間になってはいけない。祖母はいつも言っていた。

「気にすんな。お前自身は悪い事をしたわけじゃないんだから堂々としてれば良いだろ」

俺がそう言うと、驚いたように何度か目をパチクリさせてから小さく微笑む。

真っ白な前髪の向こう側に、細まった真紅の瞳が見えた。

「……本当に、やさしい子だね。君は」

スティルシアは背伸びして俺の頭を撫でようとしてきたが、身長的に手が届かず諦める。

しゃがんでやろうかと思ったが、中学生ぐらいの女の子に撫でられる高校生は絵面的になんかアレなのでやめておく。

十分後、列が進み俺たちも店内に入れるようになった。

スーパーの中はよく冷房が効いていて涼しい。俺は真っ先に食品コーナーへ向かった。

「昼飯なにが良い？　あ、ハンバーグ以外でな」

「うーん……なんでも良いよ。今まで食べたのどれも美味しかったのは分かるけど、味が思い出せなくてね」

「どういう事だよ……」

とりあえず、手頃な惣菜や肉類、魚介と野菜を大量に買い込んで店を出た。これだけあれば向こう一ヶ月は大丈夫そうだ。

リュックからエコバッグを取り出し、パンパンに食品を詰める。持ち上げると肩にずしっとくる感触。魔核を取り込む前だったら間違いなく持てていない。

「私も半分持つよ！」

「いいって。お前みたいなちんちくりんじゃ無理だから。熱中症と疲労骨折で死ぬぞ」

「むぅ……私を何だと思ってるのさ。ちょっと見てなよ」

スティルシアは俯き、ぶつぶつと何かの呪文を唱え出した。何かの魔法だろうか。

「■（強化）」

唱え終えると同時にうっすら赤くなったスティルシアの手が、俺の肩に掛かったナイロンの袋を掴み取る。そしてそのまま軽く持ち上げた。

「おぉ……」

「ふ、ふふん……！　〝身体強化〟だよ。心拍数と体温を上げる事で新陳代謝を活発にし、身体能力を底上げするん、だ……うぐっ」

「え、体温を上げるってそれ……おいっ!?」

汗ダラダラで得意気に説明をしていたかと思ったら、すぐ地面にぶっ倒れた。こんな時に体温なんて上げたら倒れるに決まってる。

「アホだろお前……立ってるか？」

「え、もう立ってるよ……ってあれどうして地面が正面にあるの……」

だめだこれ。

暑すぎて「あー」とか「うー」しか言えなくなっているスティルシアの口に冷えたお茶をたくさん流し込み、おんぶする。最悪だ。荷物が増えた。

長い坂道を登りながら、俺は溜め息を吐く。

こんなザマなら付いてこなくても変わらないんじゃないか、と思った。それから坂を登ること数分、腰をよじりながらスティルシアが口を開く。

「うー……ねぇ、おしっこしたい……」

「三十分ぐらいだから我慢しろ。それとも野ションでもするのか？」

「それでも良いかな……君にはおっぱいもあそこも見られてるし今さら変わんないよね」

「女のプライドどうしたお前」

背中で漏らされたらたまったモンじゃない。俺は足取りを速める。そうして歩き続け、想定以上のペースで家の近くまできた。

「おーい、もうすぐ着くから頑張れよ」

「……」

「……え、うそ、漏らした？」

「いや違うよ。そっちはあとちょっと大丈夫。……あれ見て」

スティルシアの指す先を見ると、そこには緑色の肌を持った細身の人型が立っていた。

……中型個体の、生き残りか？　でも体はあれより細い。あれみたいなゴリマッチョと言うよりかは、極限まで引き絞られたアスリートという感じだ。

「■■■■■」

俺たちに気が付いたのか、緑の人型がこちらを振り向いた。

俺の肩に顎を乗せたスティルシアの耳がピコピコ上下する。分析するようにじぃっとゴブリンを見ていた。

「おい、どうし――」

「どうした」と言いかけて、凄まじい破裂音に鼓膜を叩かれる。咄嗟に前方を向くと、一寸先には腕を振り上げた体勢のゴブリンが立っていた。

さっきまでこいつの立っていた場所には馬鹿デカいクレーターができている。

――速すぎる。まるで見えない。一瞬で間合いを詰められた。

俺の培った申し訳程度の戦闘経験が、咄嗟にそう状況を分析した。

間近で見ると、遠目からは細身に感じた肉体は、皮膚の上から太い筋繊維の一本一本が目視できる程の筋肉の塊で。

弩(いしゆみ)の如く引き絞られた腕は、易々と俺の頭蓋を打ち砕くと推測できた。

「■■■■■(ドミネーション)」

「■■■■■!?」

が、それは未遂に終わる。

スティルシアの声と同時に、ゴブリンの脇腹が丸く抉られたみたいに消し飛んだ。

傷口からピンク色の臓腑を撒き散らすゴブリンだが、すぐに傷を再生して怯えた様子で逃げていく。

「んっ、ぅ……逃げられた、制御が甘かったか……」

「おい!?　なんだ今のゴブリン、あんなの知らないぞ……！」

深刻な表情で呟くスティルシアに、俺はそう言った。

未だ地面に残された巨大なクレーターが、ヤツの苛烈なまでの筋力を雄弁に訴えてくる。

……明らかに異常だ。あの細身にオーガと同等かそれ以上のパワーが秘められているなんて。

「……ゴブリン・エースだ」

「え？」

ゴブリン・エース。スティルシアが言うに『最強のゴブリン種』だった筈だ。

でも、モンスターが進化するには時間と個体数が必要だと聞いている。あと早期に大幅に数を減らせたから大丈夫だとも。

「なんで……」

「わかんっ、ないよっ。エース種が発生するには、少なくとも百は共食いを重ねなきゃいけないし……そんな個体が、自然に発生するわけない……だからどこかに群れがあると思うんだけど……」

しめやかに目を閉じ、スティルシアは『確実な事は何も分からない』と言った。

「んぅっ……でも。一つだけ、確かな事があるよ」

妙に色っぽい声を出しながら、切羽詰まった声色で囁く。

「……なんだよ？」

「おしっこ漏れる……」

「待て待て待てぇぇぇ!?」

Chapter 2

追撃する絶望

——呪いを乗せて二つの世界を吹き抜けるその風は、
時に希望をも差し込ませる。

その日は、朝からひどく嫌な予感がした。

普段は煩(うるさ)いまでに喚(わめ)き散らしている羽虫たちの声が全く聞こえない。氷岩みたいな分厚い灰色の雨雲が空に覆い被さっている。空気が冷たく、やけに透き通っていて背筋が震える。

魔核を取り込んだ事で鋭敏になった感覚器官が、これから世界に起こりうる何らかの異常を俺に分からせた。

「くふあぁぁ……んぅ、あれ、どうしたのさ。変な顔で外見て」

「いや真顔だし。あと何でそんなに眠そうなんだ」

ぶかぶかのパジャマに身を包んだスティルシアが、瞼(まぶた)を擦(こす)りながら居間に入ってきた。大きなあくびをしていてとても眠たそうだ。

「昨日は遅くまで君のツイッターでき○この山派どもと喧嘩してたからね！」

「人のアカウントで何してんだお前」

こいつ、夜いつもスマホ借りにくると思ったらそんな事してたのか。迷惑でしかない。

スティルシアの手からスマホを取り上げ、ツイッターを確認する。プチ炎上していた。

ダイレクトメッセージを見ればき○この山派のアカウントから何件か殺害予告されている。

お菓子界隈シビア過ぎるだろ。

「はあ……パソコンの方でお前用のアカウント作ってやるから、ネットで暴れるならそっちでやれ」

「ええ、他人の名義で引っ掻き回す方が楽しいから要らないよ!?」

「実はまあまあ性格悪いよなお前」

それからスティルシアは、「今日はアニメのＤＶＤ見直す日にするかなー」と言いながらソファに寝転がってしまった。

……最近、こいつのニート化が激しい。

いやあまり外に出られない以上は仕方がないんだけど。健康に悪いから少しは動いてほしい。

「太るぞ」とか注意しても全く効果無いし。

自らの容姿に頓着が無いのだろう。今も、めくれた服のすそからほっそりした白いお腹が見えている。

どうにかガツンと言葉で衝撃を与えて、この生活態度を改善させられないものか。

「……お前、前の世界で言われて傷付いた言葉とかあるか？」

「うーん？　老害とかかなー？」

「リアルなのやめろ」

ごろごろしながら、生気の無い声でスティルシアはそう言った。嫌な記憶を思い出したのだろうか、目からハイライトが消えている。

この見た目と性格で老害って言われるとか、こいつ異世界でどんな扱いされてたんだよ。

俺は溜め息を吐きながらテレビのリモコンを取り、電源をつけた。

……ゴブリン事件から一週間。世間では復興ムードが色濃く、今やっているニュースでも徐々に元に戻りつつある街並みが映し出されている。

俺は、それを見て顔をしかめた。……きっとすぐに、『次』が来るからだ。ゴブリンより更に強い何かに、また崩される。

まるで賽の河原だと思った。いくら頑張って崩れた文明を直しても、異世界から捨てられてくるモンスターにすぐ壊されてしまう。

「……何様だよ、クソが」

「……え、ご、ごめんね？」

「いやお前じゃないよ……モンスターの事だ」

「そ、そっか、そうだよね。君はそんな事言わないもんね……」

びくっ、として謝ってきたスティルシアに否定する。

……駄目だ。考えれば考える程、気が滅入ってしまう。とりあえず朝飯でも作ろう。

「スティルシア、なに食べ――」

『×××××』

何食べたい、そう聞こうとした時、俺のスマホからけたたましいサイレンが鳴り響いた。

なんだと思いながらポケットから取り出して画面を確認する。

画面にはデカデカと『緊急警報』の文字が記されていた。

「っ……！」

勢いよくカーテンを開けて、窓から空を確認する。

――そこにあったのは、街の方を中心に黒くひび割れた空。前とは違いこちらの方にまで亀裂が広がっている。前回の『黒いオーロラ』よりかなり規模が大きい。

それから、スマホに遅れてテレビの方でも緊急速報が始まった。

ローカル局のアナウンサーが『外にいらっしゃる方はお近くの学校などに……』と注意喚起しているその後ろで、何体もの空を飛び回っているなにかが見えた。

「あ、あ……」

――蝙蝠(こうもり)の羽が生えた巨大なトカゲ、とでも形容すべきだろうか。中天を羽ばたき、口に紅炎を溜める姿はまるでお伽噺(とぎばなし)のドラゴンだった。いや、実際にそうなのかもしれない。

「……ワイバーンだ」

テレビを覗き込みながら、スティルシアがそう言った。

「……どのぐらい強いんだ？」

「うーん……この世界の感覚で言うなら、たぶん第一次世界大戦時の戦闘機よりは強いよ」

「ピンと来ねぇな……」

画面内に映っている限りでも四体は居る。全体的にはもっと多いだろう。

しかし旧式の戦闘機程度の戦闘能力なら、きっと現代兵器をもってすれば対処できなくもないだろう。

俺は、少し安堵しながら溜め息を吐こうと――

「待って、ワイバーンだけじゃない」

そう言われて、スティルシアの指差す先を見る。そして気がついた。天を舞うワイバーンを見ていたせいで分からなかったが、上空より悲惨なのはむしろ地上だった。

――街に犇めくのは幾多の怪物たち。

象みたいな皮膚を持った一つ目の巨人。獅子の頭、蛇の尾を持った獣。手足を滅茶苦茶に動かしながら疾走する腐乱した老人。担いだ大剣で易々とワイバーンを狩る黒い騎士鎧。ビルを喰らう形容しがたい姿の巨大な軟体生物。

それらが街で暴れ回っていた。その様はさながら怪物どもの百鬼夜行。

パッと目に付いただけでこれだ。実際にはもっと種類がいるだろう。

「おい!? どうなってんだよ……! 送られてくるモンスターは一種類ずつの筈じゃ……!?」

「こんな一気に、おかしい……奴らは焦ってるのか……? でも、なぜ……」

「スティルシア!?」

「あ、あぁ、ごめんね、ちょっと考え事してた」

顎に手を当て思考に耽っていたスティルシアの肩を揺すり、現実に引き戻す。

なんで、なんで、なんで。無数の疑問符に脳を支配され、俺は混乱の極地にあった。

「見た感じ……龍種とか魔族とか、上位種のモンスターはまだ送って来てないっぽいね……でもそれ以外はほぼ居るよ。この星の人類はもう駄目かもね……これから上位の奴らも来るだろうし」

「駄目、って……」

「けど、君の事は私が絶対に守るから。モンスターを全て駆逐するなんて私には無理だけど、この場所だけは必ず守り抜くよ」

にへら、と笑ってスティルシアが言った。それでも状況が呑み込めず唖然としていると、またスマホが鳴り響く。今度は警報じゃない。着信だ。……バンダイから。

「無事か！」

『……い、今、ロッカーに隠れてる……っ！　あまり、大きい声を出さないでくれ……！』

電話の向こうで、バンダイが絞り出すような声で言った。

「どういう状況だ……？」

『先週の騒動で吾のアパートが駄目になってな……か、家族で、『神の存在証明』の施設に住ませてもらっていたのだが、突然怪物どもが侵入してきて……は、はは、それで、こんなホラーゲームのモブみたいな状況になってるわけだ』

半ば諦めたような声で、バンダイが笑った。

「い、今から行くから……！　建物の場所教えろ！」

携帯を耳に当てたまま靴をつっかけ、スティルシアに「留守番してろ」と言う。

……汗臭くてキモオタでどうしようも無い奴だが、友達だ。見捨てる事なんてできない。

「え、私も行った方が……」

「そしたら誰がこの家守るんだ」

「で、でも、君が死んじゃうかもしれないでしょ」

「……この家は、俺なんかの命よりもずっと大切なんだよ。とにかく怪物が来たら追っ払ってくれ！」

「ぁ……」

裾を摑んできたスティルシアの手を振り払い、自転車に乗って走り出す。

……間に合うと良いが。いや、そもそも間に合ったとして俺があの地獄で生き残れるのか。

まあ……考えても仕方がない。今は走る事だけ考えよう。

「はぁ、はぁ……っ！」
チャリを飛ばしおよそ一時間。俺は街まで辿り着いた。
全身汗びっしょりで気持ち悪い。俺はうるさい心臓を無視して、バンダイに『まだ無事か』とメッセージを送った。

数秒後、打ち間違いの酷い文面で無事だという旨が返ってくる。

「……分かってはいたけど、ひでぇな」

崩壊した瓦礫、あちこちで起こる火災。暴れまわる怪物たち。

絵に描いたような世紀末だ。ワイバーンの吐いた炎でドロドロに溶けた地面を避けながら、俺は歩き出した。粉塵や火の粉が目に入らないようにパーカーのフードを深く被る。

まばらだが、街にはモンスターと戦闘している人々も居た。白フードの集団、機動部隊らしき大盾を持った警察官たち。

そして……私服の、胸に徽章みたいなバッジを着けた若者たち。

あれは……恐らく、国が募集していた魔核を取り込んだ一般人たちだろう。

「うわぁぁっ！　わぁぁぁ！　来るなぁぁぁ!?」

近くで聞こえた悲鳴に振り向く。そこには、半魚人みたいな外見のモンスターに詰め寄られて、手に持った剣みたいなのを振り回している男の姿があった。

……不意討ちできそうだな。助けるか。

倒壊した建物の残骸から鉄筋を漁り出す。折れた箇所が鋭利に尖っていて槍みたいな具合だ。

それから一気に距離を詰め、背後から魚人の首目掛けて鉄筋を突き刺した。

パギリ、と。頸椎だろうか、首肉を抉った先で骨の砕ける感覚。更に抉るように捻り込む。

魚人は青い血を噴き出しながらダランと力を失った。

すぐに灰となって赤い玉を残す。俺はそれを噛み砕き、尻餅をついた男に手を差しのべた。

「大丈夫か」

「ひっ、ひっ……！」

錯乱し、ズボンの股を濡らしている男から目線をずらすと、横にこいつの持っていた武器が転がっていた。

うっすら赤く煌（きら）めく銀の刀身を持った、大ぶりのナイフ。政府から支給された対モンスター用の武器かもしれない。

俺はそれを拾い上げる。少なくとも鉄骨よりはマシそうだ。鉄筋の槍とナイフの不格好な二刀流。でも無いよりは良い。

「ふっ……！」

凄まじい勢いでこちらに突進してきた別個体の半魚人の胴に鉄骨を突き刺す。

だがそれだけでは止まってくれない。腹に刺さったままの鉄筋を蹴り上げて接近を阻害しながら、顔面に全力でナイフを投げた。

「■■■■■!?」

運良く眉間に命中したナイフが半魚人の脳を貫き、活動を停止させる。

残った灰の山からナイフと魔核を回収し、俺は荒くなった息を整えた。

……半魚人。単純な戦闘力なら中型ゴブリン以上、オーガ未満ぐらいか。一対一ならギリギリ勝てるな。二つ目の魔核を咀嚼（そしゃく）しながら、そう思って――

「っ……!?」

——その時、背後から恐ろしい寒気を感じて振り向いた。

視界の端に迫ってきていたのは、にちゃりと微笑む腐敗した老人の顔。テレビの中継に映っていたモンスターだ。

四本の手足がまるで別々の生き物みたいにウネウネ動いて、ムカデやヤスデに似たような嫌悪感を覚える。

「ぐっ……らあぁぁぁ！」

咄嗟に距離を取りながら、槍投げの要領で鉄筋を投擲する。放物線を描いて飛んでいった鉄筋は、腐老人の頭部を易々と貫通した。

「%#○$／&#↓↓」

……が、有効打にはなっていない。それどころか、頭部に空いた穴からピンク色の触手が何本も生えてきて、刺さった鉄筋を搦め捕った。

そして、うねる肉の触手から更に黄色い骨が成長してきて——アーチ状の『なにか』を形作っていく。

「マジ、かよ……っ！」

数秒後、腐老人によって作られたのは、肉の弦に鉄筋の矢をつがえた巨大な弓。さながら『肉の弓』とでも呼ぶべきか。ビキビキと引き絞られ、骨がしなる。

極限まで弾性力を蓄えた筋肉質の弦は、数瞬後の爆発的な破壊力を予期させた。

「っ、ふ……」

バビュンッ、と。

仮にも生物の体から出てはいけない馬鹿げた発射音と共に、矢は放たれた。

反応する間も無く、肩に感じる熱――身をよじり、なんとか直撃は避ける。

しかし擦っただけで左肩の肉をほぼ抉り取られた。付け根がぷらぷら揺れて、胴と皮一枚で繋がっている状態。

俺の背後にあったビルが、鉄筋矢の破壊力によって倒壊するのが見える。

ゾッとした。もしまともに受けてたら即死だった。

「くそ、が……」

無理だ、勝てない。

ばちゃばちゃ噴き出る血液に、眩む視界。意識を保てているのが奇跡だ。血が出すぎたせいか思考も纏まらない。

ふらつきながら逃げようとするが、すぐ追い付かれてしまう。

「%&#¥&#$↓←↑」

手負いの俺を見てケタケタ嗤いながら、腐老人が手を伸ばしてくる。

本気でまずい。ゴブリンや魚人と異なり、地球の生物と身体構造があまりに違い過ぎる。だから明確な弱点が分からないし、不意討ちのしようも無い。眉間に穴が空いても平気で動いてるのが何よりの証拠だ。

「%¥#◇%%◇$←←←！」

腐老人は逃げる俺へあっという間に追い付き、ブレード状に変形した触腕を振り上げる。

そして、それを振り下ろし——

「#$#&#→←!?」

——腐老人が、空から飛来した騎士によって真っ二つにされた。


騎士はそのままの勢いで大剣を持ち替え、腐老人を更に横薙ぎにした。

十文字に切り裂かれた腐老人は、焦った様子で体の断面から無数の触手を生やして分断された体を接続しようとする。

しかし恐ろしい速度で無数の斬撃を見舞う騎士に再生が追い付かず、やがて数秒で灰と化した。

「……」

騎士は、ゆっくりと俺の方に振り向いた。兜の目の部分に灯る紅い光が俺を見据える。

感じるのは、圧倒的強者の風格。漫画やアニメ特有の闘気(オーラ)など素人の俺に見えはしないが、それでもそれに似たものを覚えるぐらいの。

……猛獣から逃げる算段を立てていたら、戦車がやってきたみたいな気分だ。どうする……？

「食え、坊主」

「……へっ？」

兜の中から聞こえたのは、くぐもった男声。

灰の山から拾い上げた魔核を俺に差し出しながら、確かにそう言った。

「な、なんで、モンスターが喋って……」

「オレはモンスターじゃない……ここは別の世界からやってきた——人間だ」

天空から飛びかかってきたワイバーンを一刀両断しつつ、騎士は言う。

——異世界から来た人間。スティルシアと同じか？

「とにかく、さっさと魔核を取り込まんか。そのままでは死ぬぞ」

俺はその言葉にはっとして、急いで腐老人の魔核を口に入れた。ゴブリンやスライムの物より遥かに濃密な血の味。

それに顔をしかめていると、切断された肩の傷口からパキパキと赤い結晶が生えてくる。

結晶は、俺の腕と同程度の大きさまで成長してから砕け散った。その中から出てきたのは、傷一つ無い左腕。

……ゴブリンの時で魔核を取り込めば傷が治るのは知っていたが、こうして実際に欠損した自分の部位が生えてくるのは、なんというか、きつい。

「……ほう、かなり治りが速いな。その若さで既に〝飽和〟しかけているのか……？」

手をグーパーして感触を確かめていると、騎士は「付いてこい」と言って歩き出した。

一瞬戸惑ったが、とりあえず後を追う。丁度バンダイの位置情報も向こうの方面だ。

しばらく歩くと、路地裏の一角にある段ボールが沢山敷かれた場所に辿り着いた。

この騎士に保護された人々だろうか、十数人がそこに固まって震えている。

「ここは……？」

「数日前この世界に飛ばされてな。普段はここで暮らしている。オレの城だ」

段ボールの上にどかっと胡座(あぐら)をかいて座り、騎士は言った。……スティルシアと同時期に転移して来たんだな。と言うか、この段ボールの山に住んでるって……。

「もしかして、ホームレス……」

「城だ」

「え、ホー……」

「城だ。キャッスルだ」

有無を言わせぬ迫力でずいっ、と迫ってくる騎士にコクコク頷いた。

ちょっと面白いなこのおっさん……っていや、そんな場合じゃない。バンダイを助けに行かなければ。

「あの……保護してくれるのはありがたいんですけど、今友達が大変で。助けに行かなきゃなので、俺は大丈夫です。失礼します」

ホームレス騎士に背を向け俺は歩き出そうとした。が、すぐに後ろから肩を摑まれ後ろにつんのめる。

「……？」

「オレも同行しよう。この苦境でも友を見捨てないその心意気、気に入った」

「おっさん……！」

「お兄さんだ」

正直、この街を俺一人で生き抜くのは難しい。強い味方ができるのは好都合だ。俺はバンダイから送られて来た位置情報を頼りに、騎士と二人で路地裏を進む。

「……そう言えば、お名前って聞いても良いですか？」

「そうだな、〝掃除屋（エリミネーター）〟とでも呼んでくれ。ホームレス仲間……あっいや、同胞にもそう呼ばれている」

騎士……エリミネーターはそう言った。

やっぱりホームレスなのか。そりゃ転移して数日じゃ住居なんてどうにもならないだろうけど。

ホームレス騎士（ナイト）とか字面がアレ過ぎる。

そうこう思いながら歩いていると、一軒のビルの前で位置情報が到着を示した。真っ白なマンション——今は焦げ付いているが、ザ・宗教施設といった感じだ。

「ほう……ここか。良い物件だ。敷金とか幾らなんだろうか」

「住もうとしてます？」

「……してない」

先にズカズカ進んでいくエリミネーターの背中を追う。中に入ると建物内は凄惨な有り様で、数々のモンスターの巣窟と化していた。

体表からマグマのような粘液を吹き出している巨大なカエルや火吹きトカゲなどが多く居るせいで、一階のフロアは気温がかなり高い。正に灼熱地獄だ。

「やばいな……」

「活路をこじ開ける。駆け抜けるぞ坊主」

「えっ」

エリミネーターは大剣を大上段に構え、そう言った。

「術式装填・〝水魔術〟」

大剣の刀身に、青い葉脈のようなものが走っていく。

それは土を侵食する水流の如くあっという間に刀身を青色で満たした。

「ふん……！」

エリミネーターがそれを振り下ろした瞬間、レーザービームと見紛うぐらいの凄まじいジェット水流が大剣から発射された。

螺旋回転しながら放たれた水流は、進路上に立っていた怪物たちを全て吹き飛ばして直進する。

――なんて威力だ。剣からビームが出るのは創作物じゃデフォだが、現実で見ると恐ろしい。

「チィッ……！　全員に気付かれた！　坊主、お前の友人が居るのは何階だ！」

「そりゃ気づくでしょ……えっと、た、多分、四階……」

「よし……ならば全速前進だ！」

「ぁあぁあああぁぁあ!?」

エリミネーターは俺の髪の毛をガシッと摑んで、引きずるように走り出す。デコボコした地面にガンガン手足がぶつかる。痛い痛い痛い!?

「ふう……エレベーターがまだ機能していて助かった。ヤツら全員を相手するのは流石に骨が折れる」

「俺は物理的に骨が折れてそうなんですけど……」

炎の道を抜け、俺とエリミネーターは滑り込んだエレベーターの内部で会話する。

無理に引きずられたせいで体中が痛い。多分全身打撲している。それを我慢しながら立ち上がり、俺は壁に光る『４Ｆ』のボタンを押した。

軋む音と共にエレベーターが上へ上り始め、体に重圧を感じる。

……四階もモンスターの巣窟になってしまっているのだろうか。俺はゴクリと生唾を吞んだ。本当に、生きた心地がしな――

「■■■■！」

「……下がれ、坊主」

――バゴンッ！　という鉄がひしゃげる音と共に、エレベーターの扉が大きく凹んだ。

揺れながら上昇が止まる。ここはまだ三階の筈だ。

外部からモンスターに攻撃されて上昇を止められた……？　エリミネーターは扉に向け剣を構え、深く息を吸う。

「術式装塡・〝炎魔術(カーネリアン)〟！」

エリミネーターの大剣に葉脈に似た紅蓮の赤線が走る。それと同時、ドアに向けて極大の炎の螺旋が放たれた。

そして……その先に立っていた存在を見て目を疑う。

「マジ、かよっ……！」

溶解しながら抉り抜かれた鉄扉の先に居たのは、凄まじく引き絞られた肉体の緑人。そいつは、好戦的な笑みを浮かべながらエリミネーターを睨んでいる。

……〝ゴブリン・エース〟だ。

三階のフロアにはこいつしか居ないようだった――否。床に散らばる数多(あまた)の魔核――他のモンスター、全員こいつに殺されている。

そして、俺はある事に気が付く。横腹に丸く抉られたような傷跡が付いているのだ。つまり……前にスティルシアが撃退したゴブリン・エースと、同個体。

「……先に行け坊主。お前を守りながらでは、こいつは少し分が悪い」

「え……」

「その短剣を貸せ」

ゴブリン・エースと睨みあったまま、エリミネーターはそう言った。言われるままにナイフを渡すと、エリミネーターはその剣身に指を触れさせる。

「……術式刻印・〝ダイアモンド〟」

触れた指先から、銀色の葉脈がナイフを侵食していく。

「なんですかこれ……」

「武器の強度を増させた。これなら龍種の爪とカチ合ってもそうは折れん。それで友を救いに行け」

そう言い切った瞬間、見計らったかのように、ゴブリン・エースが目にも留まらぬ速さでエリミネーターへ突進した。

エース個体の繰り出した正拳を大剣の腹で受け止めながら、エリミネーターは後ずさる。「ゴィイィン！」という、骨と鉄の打ち合う音が響き渡った。

「■■■■……！」

「ほう、小鬼の分際で武を識るか……ならばオレも応えよう。ほら坊主、向こうは決闘が望みのようだ。早く行け」

「は、はい……」

ナイフを受け取り、俺はゴブリン・エースの横を抜けて階段へ走る。どうやら俺には興味が無いらしい。望みは強者との戦いか。

階段を駆け上がり、四階へと向かう。曲がりくねった段差を抜け、歪んで開かなくなった扉を蹴り壊した。

「……っ」

——四階の光景は、想像を絶するものだった。

モンスターが居るのは予想通り。地面に転がる住民たちの死体も予想通り……しかし、そのモンスターの風貌は異様そのものだった。

白く煌めく一対の翼を背中に生やしたそれらは、絵画などで見覚えのある神聖な存在と酷似している。

炎の剣を持ったのっぺらぼうの天使。そうとしか表現しようが無い外見の怪物たちが——四体。

そいつらは一斉にこちらへ振り向く。

『カミ、ソノ証左ヲ、ココニ』

『アア、カミ。スバラシイ。ワレラノセカイニハ無かった。イラッシャラナカッタ観念デ、概念ダ』

『ノウミツナ信仰のイブクこの建造物ニテ、ワレラはカミを生み出す』

『ソウ、今コソ、神の存在証明ヲ……ソノ式にキサマは不要ダ』

――言葉を、喋っている。エリミネーターと同じ異世界の人間かと一瞬だけ思ったが……すぐに、違うと気が付く。

頭上に浮かぶ光輪と滲み出る怪物性がそれを物語っていた。恐らくは単純に知能が高いだけだろう。

……バンダイは、どこだ。天使たちに注意を配りながらフロアを見渡すと、奥にあるロッカーがガタッと震えた。あそこか。分かり易いなおい。

「はぁぁぁ……！」

接近してきた天使によって躊躇(ためら)い無く振り下ろされた光の剣を、上体を反らす事で回避する。

僅かにかすった前髪が切れて宙を舞う。――かなり速い。腐老人の核を取り込む前だったら絶対に見えなかった。

後ろの壁が斜めに焼き切られる。ひやっとした。コンクリがまるで豆腐のようだ。

「ビームサーベル、かよっ……！」

悪態を吐きながら天使に前蹴りを食らわせる。

呻き声を上げながら後ずさる天使へ追撃を加えようとし――背後で剣を構える、もう一体の天使の姿を見た。

「っ……クソが……！」

『ココマデ強力な先住生命は初めて見た。ソノ肉ト脳漿は、良い供物トナルダロウ……』

光剣の形状が、ブレード状から槍状へと変化する。突き出された炎槍を辛うじてナイフで防ぐ。

数秒の鍔迫り合い。力では俺の方が勝っているのか、天使は後ろに飛び退く。

が、その左右には俺に向け光の弓をつがえた天使が二体立っていた。

……流石に、分が悪いな。四対一なのに加え向こうは飛び道具も持っている。正面からやるのは得策じゃない。隙を見計らって、バンダイを連れて逃げよう。

『……ニゲヨウとしているナ』

『メンドウダ。足をネラエ』

『いや、〝ミワザ〟を、ツカウカ？』

『ソウダナ、例の厄介なゴブリンニ使うツモリだったが逃げられては元モ子モ無い。俺ガ時を稼ぐ』

四体で何度か問答を繰り返したと思った瞬間、一体の天使が突進してくる。武器の形状は最初の剣へと戻っていた。

残りの三体は両腕を天井に掲げて三角を描くように立っている。その三角の中心には、小さい真っ黒な球体が浮かんでいた。

だんだんと巨大化していくソレは、見ているだけで本能的な恐怖を覚える程の圧倒的な力の塊だった。

——あれは、まずい。奴らの言う〝ミワザ〟……いや、御技(みわざ)か？　恐らく、複数体で使用する大技だろう。そういうのは大抵ヤバい。

『ニガサンゾ』

振り下ろされた炎剣を防ぎながら、俺はバンダイの入ったロッカーに叫ぶ。

「ぐ、ぅっ……！　おいバンダイ！　出ろ！　あれを撃たれる前に逃げるぞ!?」

「えぇぇぇぇっ!?　なんでバレてるのぉっ!?」

「っ、らぁぁぁぁ！」

ナイフを思い切り光剣へ叩き付ける——パキンと、向こうの剣がへし折れた。エリミネーターのしてくれた強化が効いているらしい。

武器を失いガラ空きになった天使の喉笛をナイフで掻き切る。灰になるまで待っている時間さえ惜しい。首から鮮血を噴き出しながら崩れ落ちる天使の胸部へズボッと手を突っ込み、無理やり魔核を引き抜いた。

それを咀嚼しながら、ロッカーを開けてバンダイの手を引く。

「行くぞ！」

「と、と……友よぉぉぉ！　助けに来てくれてありがとうねぇぇぇ!?」

「抱きつくな気持ち悪ぃ……」

号泣するバンダイの手を引き階段へと急ぐ。この調子なら発動前に逃げられ——

『イか、せん』

――紅蓮の弾丸によって、階段が破壊された。瓦礫によって塞がれ通れそうにない。

焦燥に駆られながら振り向くと、そこには右手を突き出した体勢の、ほぼ灰になった天使がいた。最後の力だったのだろう。数秒後には完全に崩れ落ちる。

が、天使たちの黒球はもう完成間近に見えた。大きなバランスボール程まで肥大化した黒球に、空気が震える。

……階段の瓦礫をどかすのは間に合わない。なら。

「屋上に行くぞ……！」

このマンションは四階建て。今の俺なら、多少の怪我を覚悟すれば地面に着地できる高さだ。

屋上への階段を全速力で上がる。走って、走って、屋上に通じる扉をこじ開け――

『『〝下位時空掘削球体(ロウ・ドミネーション)〟』』

――その声は、地獄からの呼び声が如き禍々しい感情を孕(はら)んで俺の耳を焼いた。

「ま、ず……」

瞬間、前方の地面から漆黒の球体が飛び出てきた。

天井ごとフロアをブチ抜いてなお威力を失っていない球体は、まるで意思を持っているかのように俺へ突っ込んでくる。

咄嗟にしゃがんで回避する。すると、球体は地面を抉りながらUターンして俺を追尾してくる。

「ホーミング、すんのかよっ……！」

迫りくる黒球の通った後を見て戦慄する。溶けるとか砕くとか、そういう次元ではない——まるで空間ごと切り取ったかのように丸く消し飛んでいるのだ。さながら動くブラックホール。

……さっきの天使の声、『ロウ・ドミネーション』とか言ってたな。スティルシアがゴブリン・エースを撃退した時の魔法も確か『ドミネーション』だった筈だ。効果も似ている。

いやそれが分かった所でどうしようも無いが。

「ぐっ……と、友よっ！　吾を助けにきてくれた貴様が死ぬのはあまりに不憫だ！　ここは吾が食い止めるから先に行け！」

「お前デブだから肉壁としては割と高性能そうだけどあれは無理だよ！」

「酷いっ!?」

ガビーン、と顔を歪めるバンダイを無視し、必死に黒球から逃げ回る——が、すぐに限界が訪れた。一撃目を無理な体勢で回避したせいで、二撃目にどうしても回避不能な状況に誘い込まれた。

「が、ぁっ!?」

抉り飛ばされたのは、腰。どんな鋭利な刃物でも不可能な、凄まじく平坦な断面。そこから噴水みたいに血液が噴き出る。

「っ、ふぅぅぅ……！」

——こんな所で、死ねるか。

全身を駆け巡る熱い魔力の感触。イチかバチかそれを腰に集中させた。こうすると局所的に傷の治りを速められるらしい。傷口からゆっくりではあるが赤い結晶が生えてくる。……しかし、それでも。あまりに遅い。既に軌道修正を済ませた黒球は、また俺に向かってくる。——万事、休すか？

痛みで研ぎ澄まされた思考をフル回転させ、この状況を打破する方法を模索する。足は動いてくれないし、そもそもアレを防ぐのに物理攻撃なんてもっての外だ。スティルシアみたいに魔法とかを使えれば良いが、そんなのイメージできない。

……いや、たった一つだけある。何度か間近で見た、あの技術が。

「術式、装填……」

指先に魔力を集め、ナイフへ血管を伸ばすようなイメージをする。……『術式装填』。エリミネーターの技だ。ついさっき見たから鮮明に覚えている。

俺に使えるかは分からないが、諦めるよりはずっとマシだ。

「おい、おい!?　来てるぞ!?　ねぇ!?」

うっすらと、少しずつナイフに青い線が走り始めた。黒球はもう眼前まで迫っている。やるしかない。ナイフを握り締め、エリミネーターの動きを思い出しながら構える。

「〝水魔術(アイオライト)〟……！」

体からすっと熱が抜ける感触——ナイフの刃から、ジェット水流が噴出された。エリミネーターのものには劣る、だが人体ぐらいならば余裕で切断できそうな水の奔流。

……しかし、成功したと喜んでいる場合ではなかった。明らかに押し負けているのだ。黒球は水を吸い込みながら変わらず直進してくる……少しは遅くなっているが。

「くそがぁぁぁ！」

「す、凄いぞ！ ……ってあれ、全然防げてなくないか!? どうするんだ!?」

「根性だよ！」

「発想がパワー系の人過ぎるぞ貴様!?」

しかし、奮闘むなしく。俺は黒球に呑み込まれ、磨り潰されようと――

「〝■■■■(レジスト)〟」

――突如として黒球が薄らぎ、黒い靄に変わって霧散した。

「……ごめんね。私はあの家よりも、この世界よりも……ずっと、君が大切なんだ」

鈴を転がすような耳心地の良い声は、今や聞き慣れたもので。……しかし同時に、この場では絶対に聞くことが無いと思っていたもので。

「スティル、シア」

「うん。君の大好きなスティルシアだよ」

左手に炎を纏わせ、茶目っ気たっぷりに片目をパチッと閉じて。

この地獄に、一人のエルフが降り立った。

File58－1【熾天使（セラフィス）】脅威グレードC－

パワー：C
スピード：C
耐久力：C
進化力：B
知能：A
Ability：『武器創造（炎）』『時空掘削球体（ドミネーション）』

指定宗教団体〝神の存在証明〟の施設を占拠したモンスター。

その姿は『顔の無い天使』と形容される異様なもので、現在は三体存在している。

〝炎の武器〟の出力は鉄を焼き切る程に凄まじく、連携を伴った場合その危険度は更にはね上がる。

File2-error【ゴブリン特異個体『夜叉』】脅威グレードB++

パワー：A
スピード：A〜
耐久力：A
進化力：？
知能：E−
Ability：『高い再生力』

何らかの理由で異常行動を繰り返すゴブリンの特異個体。異世界人からはゴブリン・エースと呼称される。

他のゴブリン種と異なり戦闘能力の低い人間には興味を示さない。そのため、討伐の危険度も加味して『接触禁止（アンタッチャブル）』指定が成されている。

この個体が戦闘において見せる動作はとある流派の古武術の型と酷似し、政府はその武術を継承していた道場へエージェントを派遣したが、既に廃墟と化している事が確認された。

風になびく白の長髪が、月光を浴びて銀色に煌めいている。

その様は、整った顔と相まって息を呑むほど神秘的で。もしこれが初見だったら惚れてしまっていたかもしれない。今では中身がポンコツだと知っているから問題無いが。

「……どうして、この場所が分かったんだ？」

「君はこの世界の住人の中ではトップクラスに魔力量が多いからね。簡単に探知できたよ……最初は大人しくお留守番してようと思ってたんだけど、我慢できなくて来ちゃった」

にぱっと破顔し、柔和な笑みでスティルシアはそう言った。なんだそのGPS並の便利機能。俺が唖然としていると、横でバンダイがワナワナ震えている事に気が付いた。

「えぇぇぇえっ!?　お、おい友よ！　ネットアイドル・エル★フィーネちゃんだぞ！　握手してもらわねば！　あとツーショットを撮ってSNSに拡散して一躍時の人とならなければ！」

「死にかけたばっかりなのに承認欲求が凄いよお前」

「ふぉぉぉぉ！」と叫びながらバンダイがスティルシアに駆け寄っていく。スティルシアは少し顔をしかめて後ずさった。

「わわ、吾っ！　貴女のファァっ、ファンです！　よよ良かったらっ！　ぁ、あぁあぁあ握手とか――」

「うわ、汗くさっ」

「――ごふっ」

「バンダィィイ！」

倒れてビクビク痙攣（けいれん）するバンダイに駆け寄る。スティルシアめ。人のコンプレックスを堂々と抉りやがって。

バンダイは「声、かわい……すこ……」と言って泣きながら頬を紅潮させている。何かまずい方向に目覚めてしまったのかもしれない。

「……にしても、酷い有り様だ。君とお出かけした街がまるで別物だよ。私はすぐに忘れてしまうというのに。これじゃ二度と思い出せない」

暗くなった空にはためくワイバーンの群れを見上げながら、スティルシアはぼそりとそう言った。

「不愉快、だね……」

恐ろしく、冷たい声。背骨を冷えた手で鷲摑みにされたような錯覚に陥る。スティルシアは炎を纏わせた右腕を天に掲げ、薄い唇で呪文のようなものを紡ぐ。

「■■■■■（明星よ、宵闇に煌めく閃光よ）」

──ごうごうと盛る炎が、膨張しながら光量を増していく。

「■■■■■■■■■（天を焼き焦がし、地を融解させ、海を干上がらせよ）」

スティルシアの手に圧縮されたそれは、最早『炎』という既存の言葉で表現できる領域を超えたモノだった。

この熱量と光量を形容するためにはもっと新しい言葉が必要だ。

……そう、強いて言うならば――

「■■■■■■■（ゴア・インフェルノ）」

――地獄に燃える業火は、きっとこんな具合だろうか。

「▲▲▲▲▲!?」「▲▲▲▲!」「▲▲▲▲▲!?」

スティルシアによって放たれた炎は、恐ろしく広範囲な火炎放射器の如く、見渡す限りの空全てを焼き払った。

ワイバーンやその他の空中にいたモンスターたちが一体残らず燃え尽きる。

空にかかっていた雲まで届いた炎は、それらを吹き飛ばして美しい星空を露出させた。あまりの眩（まばゆ）さに一瞬だけ世界が真っ昼間みたいに明るくなる。

「ごらん、ゴミが消えて綺麗な夜空だ。ああいうのなんて言うんだっけね……汚い花火、だっけ？」

焼け焦げながら隕石のように墜落していくワイバーンたちを見て、スティルシアはパンパンと手を払った。

それに何か言おうとして……俺の喉から、こひゅっと空気が漏れた。その時初めて、俺は自分の足が震えている事に気が付く。

――あまりに、次元が違い過ぎる。ゴブリン・エースを一蹴した時点でかなり強いのは分かっていたが、想像を遥かに超えていた。最早異常だ。あまりに隔絶した力の差に思わず身震いする。

……そして、こいつでさえ『全て倒すのは無理』と言う上位のモンスターたちは一体どんな怪物なのだろうか。

「ねぇってば」

「っ……、お、おう、どうした」

「一応家には防壁を張ってきたけど、あくまで即興のやつだから。早く帰った方が良いよ」

そうだ、忘れていた。スティルシアがこちらに来たという事は、家を守る者が居ないという事。

『防壁』とやらを張ってきてくれたらしいが、それでも不安だ。

「悪いバンダイ。この下の階にエリミネーターって奴が居るからそいつに保護してもらってくれ！」

バンダイにそう言い残し、俺はスティルシアを抱えて背の低い隣のビルに跳び移った。

……行きの時よりはかなり肉体が強化されたが、今の俺の足でも走りじゃ一時間はかかりそうだ。

それでは間に合わないかもしれない。何か良い移動手段は無いか……。

「あっ、ちょっと待って」

「なんだよ!?」

「家の座標は覚えてるから、転移魔法を使えば一瞬で飛べるよ」

「……マジか」

スティルシアは呪文を唱え、掌(てのひら)から黒い靄を発生させた。次第に広がり、最終的には車が一台通れる程までに巨大化する。

「……お前って、頭以外は本当にハイスペックだよな。どこでもドアかよ……」

「ふふん、凄いでしょ。スティえもんと呼びたま……え、あれ今バカにされた？」

「これに入れば良いのか？」

「ねぇ馬鹿にした？」

「ちょっと勇気いるな……」

「ねぇ」

俺は黒い靄に足を踏み入れた――瞬間、浮遊感を覚える。視界が濃密な闇に囲まれて何も見えなくなった。酸素が薄くなり、胸が苦しくなる。

その数秒後、闇が晴れて視界が鮮明になった。俺が立っていたのは見慣れた坂道。ちょうど、スティルシアと初めて出会った場所だ。

「よっ、と。おや……？　少しズレたみたいだ。私も老いたな」

「お前が田んぼに落ちてた場所だぞ」

「ひんやりしてて気持ち良いからね」

駆け足で家に急ぐ。以前より遥かに速く登れる坂道に、少なからず違和感を覚えながらも家までたどり着いた。家を囲むようにして、半透明の四角い立方体が発生しているのが見える。あれがスティルシアの言う『防壁』か。

「……？」

しかし、その防壁の前に奇妙な人影があった。

モンスターではない。老婦人の人影。近付くにつれて良く見えるようになる〝その人〟に、俺は自分の頬に嫌な汗が伝うのが分かった。

「……あれは」

――家の前に佇んでいたのは、間違いなく俺の祖母だった。祖母はこちらに気が付いた素振りで、微笑みながら振り向いてくる。

「ばあ、ちゃん……？」

――ありえない、ありえない、ありえない。

この状況に猛烈な違和感を覚えながらも、思わず近付いてしまう。

〝祖母〟は……いや祖母の姿をした何かは、俺の記憶の中にあるそのままの表情で俺へ手を差しのべ――

「■■■（ドミネーション）」

「あ」

――〝祖母〟は。腹に風穴を空けて、苦悶の表情をしながらドロドロした黒い液体に変わった。

ぐにゃりと歪んで崩壊する顔が、網膜に焼き付く。

「【無貌の影（ドッペルゲンガー）】だ。人間の記憶を読み取り『その者の最も大切な人』に変貌して不意を衝（つ）く怪物

「……私の一番嫌いなモンスターだよ」

地面を這いずって逃げようとする泥に、スティルシアが至近距離で火球を撃ち込んだ。地面のアスファルトごと抉り、無貌の影(ドッペルゲンガー)とやらを跡形も無く消し飛ばす。

「っ……」

残った魔核を見ながら俺は呆然とする。

偽物とはいえ、祖母の姿をした存在が死ぬ光景に酷く精神を揺さぶられていた。

「家、入ろっか？」

「……あぁ」

スティルシアに手を引かれながら、玄関をくぐる。消えかけた祖母の香りに代わって家に染み付き始めている、スティルシアの甘い香りに鼻腔をくすぐられた。

◇

「はぁ……」

俺はソファに寝っ転がりながらぼーっとしていた。スティルシアの見ているテレビニュースの内容を流し聞きし、今日何度目かも分からぬ溜め息を吐(つ)く。

……外は、目を背けたくなるような大惨事だ。

ステイルシアがワイバーンを壊滅させたお陰か、あるいはエリミネーターが居るからか……あの街はモンスターを押し返しつつあるらしいが、他の場所はほとんどどうしようも無い状況だと放送している。

人々が逃げ惑い、潰され、切断され、千切られる。正に死の見本市だった。

……それを見て、俺の胸中に一つの疑問が生まれる。あれだけ強いステイルシアが本気でモンスターを駆除しようとすれば、あの人たちを救えるのではないかと。

「……なあ、ステイルシア」

「なんだい？」

「もし……もしの話だけど。お前が本気でやれば、モンスターはどのぐらい殺せるんだ？」

その質問に、ステイルシアは少し思考する素振りをした。

「……良くて、この星の六割かな。しかもそれは『周りへの被害も魔核の残留による復活も考慮しない』場合の数だ。巻き添えを考えると私が前線に出た方がかえって死者は増えるんじゃないかな」

「マジかよ……」

「だけど、分かったのは悪い事ばかりじゃない」

俺が持って帰ってきた赤いナイフを見ながら、ステイルシアは言った。……どういう事だ？

「このナイフを調べてみたんだけどね……刃の素材に魔核が練り込んであるんだ。どうやったかは分からないけど、魔核を武器に加工する技術がここの人類には存在しているらしい。私の世界でも不可能だった技術だ」

魔核を武器に練り込む……か。道理で異様に切れ味が良いと思った。

ちなみにエリミネーターの施してくれた『術式刻印・〝ダイアモンド〟』はいまだ効果を失っておらず、刀身には変わらず銀色の葉脈が走っている。

「そういやこの武器、まぁまぁな強さの付与魔術が掛かってるけど……誰がやってくれたの？　君じゃないよね」

「あぁ、エリミネーターっていう騎士がやってくれたよ。多分お前と同じ世界の住人だ」

「……ふーん」

スティルシアはナイフをまじまじと見つめる。何故か機嫌が悪そうだ。

すると、不意に細い指先をナイフに触れさせた。銀色の葉脈を押し退けるようにして、指から紅の亀裂が刃に侵食していく。

「おい？　何してんだ」

「私の方が強いの作れるのに……それにこういう特別な武器をあげるのって、漫画とかゲームなら私の役目じゃん……？　なんでそんなどこの馬の骨かも分かんない奴に貰ってくるのさ……」

「おい？」

「原形ないぐらいに強化すれば私が作ったって事になるかな……？　なるよね、そうだよね……」

「自己完結すんな」

どんどん赤い亀裂が大きくなっていき、ナイフが「もう無理だってば！」と悲鳴をあげるようにギチギチギチという金切り音を発する。

その金切り音がピークに達した頃、やっとスティルシアは刃から指を離す。その頃には、ナイフの外観は大幅に変化していた。

さっきまでとは裏腹に、刃には禍々しい模様が入っている。しかし、赤と銀の葉脈が絡み合って刀身に幾多の魔法陣を描く様には、一種の神聖ささえ感じた。

「……このナイフに何したんだ？」

「使い切りの時空掘削魔術（ドミネーション）を三回分、あと物体に触れた瞬間に『超振動』の魔法陣が発動して対象を無理やり押し切れるようにしたよ！　そして破壊不能属性を――」

「待て待て待て!?」

なんだその、最近の広告とかで良く見る『ログインボーナスで最強！』を謳い文句にしたソシャゲみたいな性能は。馬鹿なの？　死ぬの？　そう言いたくなる衝動を抑え、俺はそーっとナイフをタンスの上に移動した。

ピンの抜けた手榴弾を持っているみたいな気分だ。何かの拍子に暴発とかしたらどうなってしまうのだろう。震えが止まらない。俺が超振動しそうだ。

「それでも上位のモンスターには殆（ほとん）ど通用しないから気を付けてね」

「……いや、お前の世界ゲームバランスの調整ミスってない？」

「くそげーだったよ」

◇

「術式装塡・〝炎魔術(カーネリアン)〟……ってまた駄目だ。どうしても途中で途切れるな……」

　バンダイを助けた次の日、俺は家の縁側で包丁の刃に指を当てながらそう呟いた。

〝術式装塡〟。スティルシアに聞いたところ、魔力が通りやすい金属を媒介にする事によって、魔法の才能がある人間が体に生まれ持つ特殊な臓器無しで魔法に似た現象を引き起こす原理の技術らしい。

　だがその分パワーは魔法に劣るため、向こうの世界で使う者は物好きと才能が無い奴しか居なかったのだとか。

　スティルシアは「ほぼ魔法の劣化版だよ！　オワコンだよ！」とも言っていた。散々な言われようだ。エリミネーターが泣いてるぞ。

　しかし俺には魔法の才能は無いらしい。だから『近づいて殴る』以外の戦法を取るにはこれしか無いのだ。

　昨日俺が見たエリミネーターの〝術式装塡〟は全部で二種類。凄まじい水圧で水を発射する『アイオライト』と、炎の螺旋を撃ち出す『カーネリアン』だ。練習を積んだ結果、俺はアイオライトの方は完全にマスターした。

試しに近場にある林の大木に向かって全力で撃ったら、易々と幹ごと吹き飛ばす事ができた。これならモンスターにもきっと通用する。

……しかし、『カーネリアン』の方はいくら練習してもできそうに無い。何故かとスティルシアに聞くと、俺の適性属性が水なのだと言われた。逆に炎は苦手らしい。

どっちかって言うとカーネリアンの方がかっこ良かっただけに悲しいが、贅沢は言えない。あくまでサブウェポンとして考えよう。

「……昼飯、作るか」

縁側から立ち上がり、居間の方に移動する。床にぐでーんと伸びていたスティルシアが、俺に気が付いて顔を向けてきた。

「まーだあのオワコン魔術の練習してたの？　君ってばセンスは抜群なのに、魔法には全然適性無いんだもんねぇ……」

「うっせぇお前の昼飯だけきりぼし大根にするぞ」

「うわぁぁぁごめんね!?」

必死にすがってくるスティルシアを無視してキッチンに立ち、シャツの袖を捲る。

まだまだ食材には余裕がある。何を作るか――

「……あれ、電話がきてるよ」

　プルルル、と鳴り響いた固定電話に作業を遮られる。誰からだろうか。俺は受話器を持ち上げ、耳に当てた。

「どなたですか？」

『おお……？　おお、坊主の声だな。オレだ。エリミネーターだ』

　受話器の向こう側から聞こえたのは、エリミネーターの声だった。なんで俺の家の番号を知ってるんだ……？

『坊主、スマホを落として行っただろう。階段を登る時にポケットから落ちたのが見えてな』

　そう言えば、昨日からスマホが見当たらなかった。スティルシアが持ってるのかと思って気にしてなかったが、落としていたのか。

「ありがとうございます……」

「ねぇねぇ、電話の相手だれっ？　女の人？」

　俺の肩口から覗きこむようにひょこっと顔を出してきて、スティルシアが聞いてきた。

　電話中だから無視する。

『いや、なんて事はない。結局例のゴブリン・エースも仕留め損なってしまったしな……』

「そうですか……あ、そういえば、バンダイって奴見ませんでした……？」

「ねぇっ！　無視しないでよ！」

『あぁ、中々に気のいい奴だ』

「すーっ……わぁっ！」

「いやうるせぇな!?　メンヘラの人かお前は!?」

耳元で大声を出してきたスティルシアに、つい反応してしまう。謎に満足げな顔が癪に障った。

『なにやら騒がしいな……同居人でも居るのか？』

「あぁ、ペットです」

「彼女だよ！」

「馬鹿じゃないのお前!?」

『なんか楽しそうだな！　まぁいい、暇ができたら取りに来い。この街に居たモンスターどもはオレたちが大体掃討したから安心しろ。この世界の戦士たちも中々やるものだ』

そう言い残して、プツッと通話が切れた。俺は顔をしかめながら、スティルシアを睨む。

「なにが彼女だよ……」

「だって、赤ちゃん作れる体の男女が一つ屋根の下に暮らしてるんだよ!?」

「言い方が嫌らしいなお前な」

「そして、あまつさえ私は君に裸も見られてるんだよ!?」

「いや……まぁ、そうだな」

「これもうほぼせっくすだよ!?」

「それはちげぇよ!?」

『論破してやった』とばかりに叫んだスティルシアにツッコミを入れる。こいつの性認識どうなってんだ。

「大体、仮にも女の子がセックスとか大声で言うんじゃねぇよ！　ビッチだと思われるぞ！」

「び、ビッチ!?　はーんっ！　馬鹿だね！　こちとら千年以上処女やってるんですけど！」

「それを誇らしげに語るのもどうなんだよ……」

半ギレ気味にぎゃーぎゃー騒ぐスティルシアを尻目に、溜め息を吐く。さっさと昼飯を作ろう。

大声を出してたら余計に腹が減ってきた——

ピンポーン

——っと、その時、今度は間の抜けたチャイムが俺の作業を中断した。

……呼び鈴だ。誰か訪ねて来たのだろうか。

「はいはい……今行きまーす」

気だるげに返事をして、俺はガラガラと玄関の戸を開けた。大方、近所からのお裾分けか何かの集金だろう……。

「こんにちは。こちらは湊海江（みなとうみえ）さんのお宅ですね？　私たちはこういう者ですが」

――そんな俺の楽観的な思考は、扉の先に立っていたそいつらによって一瞬で打ち砕かれた。

祖母の名前を口にしながら、何かを見せ付けてくるスーツ姿の女。その背後には四人の武装した男たちが待機している。全身を堅牢なプロテクターで固め、大層なアサルトライフルを装備して。

……そして、女の持つ手帳は刑事ドラマなどで良く見る物に酷似していて。

「……警察、官……？」

「いえ、所属は新たに設立された『未知生命体対策本部』ですが……まあ、警察官みたいなものだと思ってくれても構いません。その方が話が円滑に進みそうです」

そう言って、女は品定めするように俺を見つめる。

……まずい、明らかにヤバい組織じゃねぇか。そもそもなんで俺の家に来たんだ。スティルシアの存在がバレでもしたのか……？

「細身でやや長身、青みがかった瞳……外見の証言とも被りますね。まさかこんな少年が……」

「あ、あの……？」

「あぁ、失礼しました。私は荒木司と申します」

荒木、を名乗る女は懐から名刺を取り出して俺に差し出した。そしてその後、それとは別に一つの茶封筒を鞄から取り出す。

「……こほん、それでは改めまして『熾天狩り』様。此度は貴方を、政府直属のBクラス駆逐官として雇用する事が決定致しましたので、ご報告に参りました」

「……はいっ？」

してんがり……？　支店借り？　なんだその惨めなハンドルネームは。まさか俺の事か？

思わずポカンとしていると、荒木は「駆逐官制度をご存じありませんか？」と言ってくる。そんなの聞いた事ない。

「あの……そもそも、どうやってこの家の場所を……？」

「貴方は先日、他の駆逐官から武装を奪いましたね？　恐らくナイフでしょうか。あの系列の武器はかなり高価でしてね……コスト面と盗難時の安全確保のため、ＧＰＳを内蔵させているんです」

俺は今もタンスの上に置かれたままな、あのナイフを頭に思い浮かべた。スティルシアに魔改造されたせいで気軽に使えなくなったアレだ。

……あれを持ち帰ったせいで家の場所がバレたのか。じゃあ、スティルシアが見つけられたワケじゃないんだな。それに少し安堵する。と同時にもう一つ疑問が浮かんだ。『駆逐官』ってなんだ。

「駆逐官制度というのは、未知エネルギー結晶体……通称〝アカダマ〟を取り込んだ民間人を戦力として雇用する制度です」

俺の疑問が雰囲気で伝わったのか、荒木はそう言った。……前にテレビでやってたやつか。それで俺に協力を求めに来たと。

「基本的には、その戦闘能力に応じてＦからＡランクまで階級が割り振られます。本来は一律Ｆスタートなのですが……先日の凄まじい討伐実績を鑑みれば、Bランクスタートが妥当だと判断されました」

「……見てたんですか？」

「いえ、証言された分だけです。蜴魚人(リザードマン)を二体、上位腐乱体(グレーターアンデッド)を一体……そして、熾天使(セラフィス)四体と同時に交戦し、そのうち一体を討伐。最後のは貴方のご友人が嬉しそうに教えてくれましたよ」

なんかエリミネーターが倒したのも俺の功績になってるな……というか、四体という言い方からしてあの天使たちは熾天使っていうのか。

……それは今となってはどうでもいいが。今の問題は駆逐官とやらに俺が任命されそうな事だ。なんでそんな、命がけかつ福利厚生の薄っぺらそうな職業に就かなきゃならないんだ。

渡された封筒を開けてみると、中には膨大な量の書類と【Bランク駆逐官証明書】と記された、俺の名前付きの手帳。

そして……一台の携帯端末が入っていた。

「……これは？」

「怪物どもの目撃情報を管理し、駆逐官へ位置情報と危険度を伝える端末です。まだ運用は試験段階ですので、Bランク以上の駆逐官にのみ支給されています」

電源ボタンらしき場所を押してみると、様々なモンスターの外見や能力などの説明がズラッと表示された。

【『リザードマン』脅威グレードＤ＋】だの【『グーレーターアンデッド』脅威グレードＢ－】だの。

他にも三百種類近くの情報がある……ってあれ、数少ないＡランクの欄にいる『排殺騎士』って奴の外見がエリミネーターそっくりだ。

もしかしてモンスターとして登録されてしまっているのだろうか。

……それはまあ後で考えるとして。これは相当便利だな。欲しいが、これが欲しけりゃウチで働けとか言われたら困るから我慢するしかない。

俺はそんな傭兵みたいな事して生きたくないんだ。どうせ報酬も二束三文だろう。あのナイフを持ってた奴もチャラそうだったし。

俺は頑張って良い大学に合格してキャリアを積んで一流の会社に入って、高収入エリート人生を送りた――

「ちなみに、Ｂランク駆逐官の基本給は月二百万です」

「えっ」

「怪物どもを倒して政府に未知エネルギー疑固体を納めてくだされば、更に上乗せされます」

「あっ」

「既に一億近く稼いでいる方もいらっしゃいます」

「あばっ」

予想外の高給取りに、頭を横からガツンと殴られたみたいな感覚になる。

い、一億……？　まだモンスターの襲来から一月も経ってないぞ……？　それだけ金があればどれだけ贅沢ができるだろうか。

きっとラノベを棚ごと買ったり、回らない寿司屋で『お任せ』を注文したりもできる。綺麗な熟女も寄ってくるかもしれない。

まずい、妄想が止まらない。だって一億だぞ一億。勝手に口がニマニマしてしまう。なんか頭がぐわんぐわんしてきた。最低でも二百万入るらしいし、これはもう、いやでも……。

「どうされました？」

「……ります」

「え？」

「やります駆逐官！　やらせてください！」

「や、やるんですか？」

「やります！」

肩を摑み、恐らく血走っているであろう目で荒木を見つめる。手元の書類に乱雑なサインをした。

荒木は少し怯えた様子で、「で、では、上に連絡しておきます。今後は召集することもあると思いますので、その時はよろしくお願いします」と言って足早に去っていく。

カチャン、と閉じた戸を見つめたまま、俺は自分の顔が青ざめていくのを感じた。欲望に眩んだ思考が、サーッと冷えていく。

や、やっちまった……。

「はぇー……ハイカラで良いねぇこの機械。私の世界のギルドにもこれがあれば良かったのに」

「『世界中の技術者によって共同開発された、現代科学の結晶』……だってさ」

政府の奴らが帰った後。俺は例のモンスター図鑑の使い心地を確かめていた。

かなり多機能で、モンスターの位置情報や弱点情報などとは別に、駆逐官の希望に応じて武器を開発・支給する『武装発注システム』。

更には駆逐官のモチベーションアップを目的とした『ランキングシステム』なんてのも搭載されている。ランキングで一定以上に食い込むとボーナスも出るらしい。

ランキングか……俺も載ってたりするのかな。ちょっと緊張しながらページを開き、下の方へスクロールする。

……あ、【総合】の全国七位に『熾天狩り(セラフィス・ハント)』ってのが居る。これが多分俺だろう。ついさっき更新されたらしい。

熾天狩りってなんかカッコいいな。支店借りじゃなくて良かった。

どうやら単純な討伐数ではなくて、モンスターごとに決まっている討伐ポイント的なものがあるらしい。そりゃそうか。スライム十体倒すよりゴブリン一体倒す方が遥かに難しいもんな。

ちなみに世界ランクの方に切り替えてみると400位ぐらいだった。世界にはバケモノみたいなのがゴロゴロいるんだな……。

「むぅ……どうして君がこんなド底辺なのさ。私がナンバーワンにしてあげるよ！」

「不人気ホストにハマった女みたいな事言うな……というか下に四桁以上いるから底辺でもないぞ」

「ふっ、知ってるかい……？　どの世界も、頂点以外は全て路傍の石ころと変わんないんだぜ……」

「うるさいぞニートエルフ」

「あうっ」

ウィンクしながら得意げな顔で言ったスティルシアの頭を、丸めたチラシで軽く叩いた。

「うぅ……ねぇ気軽に叩かないでよ！　私に一撃食らわせるのがどれだけ大変な事か知らないでしょ!?　そのために幾つの国家が更地になってると思ってるのさ！」

「いやおっかねぇなお前」

こいつ前の世界でどんだけ大暴れしてたんだよ……そんなんだから異世界になんて飛ばされたんじゃないのか？　ほぼ流刑みたいなもんじゃねぇか。

「何したらそんな事態になるんだよ」

「……分からない。覚えてないいんだ。思い出せないんだ」

「どういう事だよ……」

落ち込んだ犬の尻尾みたいに、耳をしなっと垂れさせてスティルシアは言った。

……本人が触れてほしくなさそうだし、そこはまぁ良いか。

一通り見終わったモンスター図鑑を机に置き、俺は立ち上がった。今日はこれから何の予定も無い。街に行ってエリミネーターにスマホを返してもらおう。

あれが無いと不便だし……なにより、祖母との写真がいっぱい入ってる。

「俺これから街に行くけど……」

「私も行くよ！」

「食い気味に来るよなお前。じゃあ例の……『魔法防壁』？ってての張っといてくれ」

「わかったよ！」と元気良く返事して走っていくスティルシアを尻目に、俺はタンスの上から例のナイフを手に取った。あのチート性能のヤツ。

こんな世界だ。外に行く時は必ず万全を期した方が良い。ナイフの刃に手拭いを巻き、それを鞘代わりにして腰に装備しようとする。

「いてっ……」

と、指先に走る鋭い痛み。

顔をしかめながら確認すると、ナイフの尖端部分の手拭いがめくれて、血の付着した銀刃が露出していた。指を切ったのか……幸先が悪いな。一応絆創膏でも貼っていくか。

そう思いながら、指先を確認し――

「……へっ？」

――そこにあったのは、予想外の光景。

血が出過ぎだとか、逆に全く出ていないとか、そういう問題じゃない。

傷口から顔を出していたのは、血液ではなく――血のように赤い結晶だった。

それが、雨後の筍みたいに指からメキメキと成長している。

「はっ……はぁぁぁぁっ!?」

「どうしたの!? まさか昨日私がツイッターで喧嘩売ったこしあん派の人から殺害予告が来たの!?」

「ちげぇよ馬鹿！ あとふざけんな！」

「じゃあなにさ……」と囁(ささや)きながら、スティルシアが俺の指を覗き込んでくる。

そして、生えた結晶体を見て絶句した。大きく目を見開き、唇を何度か開閉させる。

「……『飽和』、してる」

「ほうわ……？」

ほうわ……飽和か。確かエリミネーターもそんな事を言っていた気がする。どういう事だ。

「飽和、ってなんだよ」

「うぅん……分かりやすく説明するとね？　ソシャゲで言う『限界突破』だよ」

「ピンとこねぇなおい……」

　仮にもエルフが物のたとえにソシャゲを持ってこないでほしい。イメージが崩れる。それに……

限界突破？　まるで意味が分からない。

「例えば、十グラムしか塩が溶けない水に百グラムの塩を入れたらどうなる？」

「そりゃ残りの九十グラムは溶けずにそのまま結晶化して……あ」

「そう。それが飽和。血中で極限まで濃縮された魔力が、外気に触れる事で魔核に戻る現象だよ」

　要するに……魔核を取り込み過ぎて、俺の血液が魔核と同じような性質になってるって事か。

　あれ、それって危ないんじゃや。俺の体を突き破ってモンスターが発生したりしないよな……？

「……それ、大丈夫なのか？　血からモンスターが生まれたり」

「問題ないよ。魔核というのは謂わば『可能性の卵』だからね。単なるモンスター発生装置ってワケじゃない。君の血に染まった時点で支配権は君にあるよ」

「へー……？」

「そして……その可能性に、ある程度の『指向性』を持たせる事も可能だ」

　そう囁きながら、スティルシアはその小さな掌で俺の手首を摑んだ。

　特に害が無いなら構わないけど……魔核が、可能性の卵？　しかもそれに指向性を持たせるって
どういう事だ。

「目を瞑って……そうだね、『鋭く尖った槍の穂先』を思い描いてごらん」

言われるがままに目を閉じ、瞼の裏で鋭い槍の穂先のイメージをしてみる。

鈍い鉄色で、易々と命を抉り取る鋼の鋭端――

「……っ、初めてでこれか。やっぱり凄いよ君は……生まれたのが私の世界なら、武人として名を馳せていたかもしれない」

「いや、どういう……っ!?」

スティルシアの言葉を不思議に思いながら目を開けて……思わず、驚きに喉からひゅっと悲鳴みたいな音が出た。

「血が、槍に変わった……？」

「魔核がモンスターの形を取るのと同じ原理だ。魔力の主である君がカタチを与えてやれば、それは如何なる物にも変貌する。……初めからここまでの精度でできるのは、ちょっと予想外だったけど」

俺の指先から生じていたのは先ほどまでの血晶ではなく――脳裏に描いていたモノと同じ形状の、赤みがかった鋼の槍。細部は少し歪んだりしているが、殆ど想像した通りだ。

……イメージしただけで、ゼロから武器を作ったりできるのか。作れる物の強度にもよるが……これはかなり使えそうだ。服の袖に武器を仕込むみたいな感じで、不意討ちとかにも有用そう。

「私の世界では、魔力が飽和した人間を〝飽成〟と呼んでいたよ。人類の至る極致の一つだ……まさか、君がこんなに早くそうなるなんて思わなかったけどね」

「飽和したら、もう魔核を取り込まない方が良いのか？」

「いいや、飽成者が更に魔核を取り込むと、肉体の頑強さに加えて血液で再現できる物質のサイズと強度が上がるんだ……強くなりたいなら、今まで以上に積極的に取り込んだ方が良い」

なるほど……魔核が血に溶ける上限を超える。そういう意味での〝限界突破〟か。

「強い飽成者は、全力の私と二分ぐらいならタメ張れるぐらい強力だったよ。気化させた血液を広範囲に散布させて巨大な要塞を具現化してきたりしてね……魔法を使えない中じゃあれが最強だったんじゃないかな」

「マジで大怪獣バトルだよな、お前の世界……」

試しに、指から発生した槍が気化するイメージをしてみる。すると槍は、赤いミスト状に霧散して空気に溶けた。指の傷は塞がっている。

「……よし、行くか」

ナイフとモンスター図鑑……あと、念のために【Bランク駆逐官『熾天狩り』】の手帳をリュックに入れて背負った。

「うん、行こっか……あ、私『世界樹のえだ』持ってくるね」

「前まで『ひのきのぼう』だったろそれ」

「細かい事はいいんだよ！」

◇

「あ、街が見えてきたよ……って武器を持った人がたくさん居るね」

「フード被っとけよ」

　舗装された道を何時間か歩き、やっと街が見えてきた。転移魔法を使えないのかと聞いてみたが「あの街の座標は忘れちゃった」らしい。こいつの脳にはもう少し頑張ってほしいと思った。

　街の入り口には、スティルシアの言うとおり武装した人間が多く立っている。

　恐らく〝駆逐官〟だろう。血走った目で地面に散らばる魔核を集める者もいれば、五人ぐらいで一体のリザードマンと交戦してる奴らも居る。

　金のためにみんな必死だ。いや絶対に俺が言えた事じゃないけど。

「おい、そのベルトのナイフ……お前、駆逐官だな？　ここは俺たちの狩り場だ。別の場所に行け」

「はいっ……？」

　駆逐官たちの横を抜けて通ろうとすると、後ろから誰かに肩を叩かれた。振り向くと、三人の男が俺を睨んでいる。

　カラフルな髪にタンクトップ……明らかに不良というか、チンピラっぽい。めちゃくちゃ怖い。

「いや、あの、通りたいだけなんで……」

「そう言う奴に限って狩り場を荒らして行くんだ……お前みたいな学生と違って俺たちは生活がかかってんだよ。おら、どっか行け」

めんどくさいなこいつら……ネトゲでレベル上げの場所を争う奴らみたいだ。

スティルシアはそいつらを見て「どこの世界でも落伍者の考える事は同じなんだねぇ……」と遠い目で呟いていている。

「■■■■■■！」

「お、おいっ！　すまんそっちに行った！」

「ひっ、わぁぁぁぁっ!?」

その時、三人組の背後に迫るリザードマン。さっきの個体だ。ところどころ鱗が傷付き手負いに見える。俺は咄嗟に、道の脇に落ちていた鉄骨の破片を手に取った。

「……術式装塡・〝水魔術〟」

「■■■……!?」

鉄骨に青い葉脈が走る。俺はその切っ先をリザードマンに向けた。そして、今にも三人を食い殺しそうなそいつ目掛けて水のレーザービームが発射される。

水圧の暴力によって胴と首を切り離されたリザードマンは、喫驚に目を見開いたまま灰に変わった。

魔力の伝導に耐えられなかったのか、鉄骨はすぐにボロボロと崩れ落ちる。質の悪い金属ではあまり威力が出ないのかもしれない。

「大丈夫ですか」

「あ、あの、すみません、あなたの、ランクって……？」

恐る恐る、といった様子で聞いてきた男に、俺は少しドヤ顔で駆逐官手帳を見せつけた。

【Bランク】という表記を見た瞬間に男の顔が青ざめるのが分かる。なんだか水戸黄門みたいで気分が良い。

「っべー、まじっべー……！　C以上とか初めて見た……！」

「あの、通っても良いですか？」

「ど、どうぞどうぞ！　ごめんなさい！」

三人組はビビりながら道を空けてくれた。なんだこの強キャラムーブ。楽し過ぎるだろ。権力に溺れそうだ。これからは面倒な事が起こる度にこれをチラつかせても良いかも知れない。

「なんか、やり口がなろう系主人公みたいだね」

「うるさいぞ」

「あうっ……」

それから駆逐官たちの狩り場を抜けて数分、俺とスティルシアは荒廃した街を二人で歩いていた。

モンスターはまだ多く闊歩(かっぽ)している。しかし前ほどの数も絶望感も無かった。

「えぇと……確かエリミネーターの住んでる路地裏は……」

駆逐官制度によって対モンスター戦力が潤沢になったお陰だろう。それにこの街にはエリミネーターが居る。スティルシアの言っていた「エルフの近くには異界の存在が来やすい」というのが良い方向に働いた。

テレビによれば、現在も厳しい状況が続いている他の人口密集地に比べて異様なまでにモンスターが少ないそうだ。これで少ないとか他の都市がどれだけ地獄なのか想像したくないな……。

「私と同じ世界から来た騎士に会いに行くんだっけ？　あの教科書みたいな魔術使う人」

「ああ、俺を助けてくれた人だから失礼な事とか言うなよ」

「ふーん……」と言いながら何故かむすっとするスティルシアを尻目に歩き続け、俺はエリミネーターの路地裏の近くまでたどり着いた。

モンスターに破壊されて街並みはかなり変化しているが、この一帯は比較的無事だった。エリミネーターが拠点にしているからだろう。俺は狭い路地に足を踏み入れようとする。

「おお、坊主か。スマホを取りに来たんだな。オレも友人もポケベル派だから邪魔で困ってたんだ」

「え……？」

背後から聞こえた声に振り向く。そこに立っていたのは、灰のような色合いの髪を狼の尾みたいに後ろで束ねた長身の青年。百八十五センチはあるだろう。薄汚れた作業服に身を包み、空き缶がたくさん入ったビニール袋を持っている。

ボロい格好だが、本人の精悍(せいかん)な顔立ちのせいでそれも一種の野性的な魅力に繋がっていた。

エリミネーター、か……？　予想外に若くて驚いている。もっとおっさんかと思ってた。

「よ……鎧は？」

「今は仕事中だからな！」

「えぇ……？」

エリミネーターはほくほく顔で空き缶の詰まったビニール袋を見せ付けてくる。

仕事って……あぁ、空き缶拾いか。ホームレスはそういう事で収入を得ていると何かの番組で聞いた事がある。

「いや強いんだからモンスター狩れよ」というツッコミは何だか言ったら負けな気がして言えなかった。というか戸籍が無いから駆逐官になれないのかもしれない。

俺がそんな思考を巡らせていると、スティルシアが横から肩を揺すってきた。エリミネーターを指差して目をきらっきらさせている。

「ねぇ凄いよ！　本物のホームレスだよ！　この世界にも実在するんだね!?」

「お前はお前でデリカシー無いな……」

「おい坊主、なんだこの失礼極まり無いちんちくりんは」

「私はれっきとした大人の女性だよ！」

「うちの千歳児がすみません……いやほんとに」

「千歳児……？」とエリミネーターは不思議そうにスティルシアに詰め寄り、腰を曲げてフードの中にある顔を覗き込んだ。

そして、驚愕に表情を歪める。この世界でエルフを見るとは思わなかったのだろう。

一体どんな反応をするのか――

「〝精霊王〟……!?」

――エリミネーターが、掠れた声でそう呟いた。切れ長の目が大きく見開かれ、灰の瞳孔が小さくなる。精霊王……？　なんだその芳ばしいワードは。まさかスティルシアの事か？

エリミネーターから発せられるただならぬ雰囲気。しかし、当の本人はきょとんとした様子だ。

「せいれいおうってなにさっ！」

「奴と瓜二つだ……いやしかしまるで雰囲気が違う。アレはここまで人間に傾倒していない……」

「ねぇ！」

顔の半分を手で覆い隠し、エリミネーターはぶつぶつと独り言を呟く。

「何が、どうなって……」

「はっきり言いなよホームレス！」

「別人か……？　だが奴には血族が居なかったはずだ……」

「ポニーテールおじさん！」

「エリミネーターさんが折角シリアスやろうとしてるんだから静かにしとけお前！」

あまりに話の腰を折り続けるスティルシアを見かねて、俺はそう言った。

エリミネーターが明らかに重要そうな話してるのに雰囲気ブチ壊しだ。こういうのってしっかり聞いておかないとまずいヤツだろ。

昔の不親切なＲＰＧとかだと、会話スキップしたせいで先のイベントが詰むみたいなアレ。

「……いや、問題ない。オレの勘違いだ。性格があまりに違いすぎる。奴はこんなに幼稚じゃない」

そう呟き、エリミネーターはひらひら手を振りながら背を向けて路地裏へ入っていった。

「勝ったよ！」みたいな誇らしげな顔でこちらを見てくるスティルシアを睨む。

……って、スティルシアがエルフな事には触れないのか？　自分の世界と同じ存在を見つけたら、普通もっと反応すると思うが。

「あの、精霊王とかは良く分かんないんですけど、こいつ多分あなたと同じ世界から……」

「そうだな」

「び、びっくりしたりしないんですか？」

「……？　何を勘違いしているのか知らないが、この世界でも特段珍しい存在ではないぞ。異界の住人というのは」

なんとなしに放たれたエリミネーターの言葉に、俺は衝撃を感じると同時に困惑する。

異世界の住人がそこまで珍しくない……？　スティルシアみたいなのが、いっぱい居るって事か？

「オレの世界では昔から、手に負えない罪人や処理できない呪いの品などを異界へ捨てるというのがありふれた手段としてあったからな。通算すれば軽く四ケタは居るんじゃないか？」

異世界の人間が、四桁……つまり最低でも千人以上はいるって事か。気が遠くなる。

生まれた時から日常的に魔核を取り込める環境にある異世界人は、恐らく全員が地球人とは隔絶した力を持ってるはずだ。その中でも『手に負えない』と言われるバケモノたちがそんなに潜伏しているなんて。……世界から追放されるような罪人である以上、全員が地球のためにモンスターと戦ってくれるわけでもないだろうし。

一応スティルシアに目配せして確認すると、気まずそうな顔で「そ、そうだったね……！　いや忘れてないよ!?」と訴えてきた。……帰ったら、ばあちゃんが使ってた物忘れトレーニングの本探すか。

「着いたぞ。そこに座って待っていろ」

エリミネーターに言われるまま、俺は地面に敷かれたダンボールの上に座った。横には鎧や大剣、その他いくつかの武装が置かれている。

やっぱりこういうのはかっこいい、鎧に大剣とかいうロマン装備。男心がくすぐられる。

「おーうい、エリさん、酒持ってきたどー！」

「おお……ヤスさんか」

ガチャガチャと箱を漁っているエリミネーターを尻目に武器を見ていると、背後から気の抜けた男の声が聞こえてきた。

声の方を見れば、そこに立っていたのは壮年の男。髭で毛むくじゃらの顔に野球帽を被り、ボロボロのジャンパーを着ている。

右手に握られた一升瓶の中には酒らしき透明な液体が揺れていた。

エリミネーターの知り合いか……？ 前に言っていた『ホームレス仲間』かもしれない。

「紹介しよう。この人はヤスさん。この大都会をサバイバルで十年以上生き抜く猛者(もさ)であり、オレの恩人でもある」

「いや、ただのホームレス……」

「サバイバルマスターと呼べ」

ずいっ、と有無を言わせぬ圧迫感に恐怖を覚えてコクコク頷く。『ヤスさん』はその時初めて俺たちの存在に気が付いたのか、驚いた顔になる。

「おぉう、珍しいお客だなぁ……エリさんの知り合いか？」

「もじゃもじゃで熊みたいなおじさんだね」

「別嬪(べっぴん)な嬢ちゃんも居るなぁ……」

「ダンディーでカッコいいおじ様だね！」

「掌クルックルじゃねぇかお前」

その後、俺はエリミネーターからスマホを受け取ってリュックにしまい込んだ。

よし……目的も果たしたし、家に帰るか——と、路地裏の外へ足を向けかけて、立ち止まる。

とある事を思い付いたからだ。折角エリミネーターの所に来たんだから、あの〝術式装填〟を教えてもらいたい。

これから来るであろう上位のモンスターに対抗するためには、〝水魔術(アイオライト)〟以外も使えた方が良いからだ。

「あの、エリミネーターさん。お願いがあるんですけど」

「なんだ、言ってみろ」

「俺にあなたの〝術式装填〟を教えてほしいんです」

「ほお……構わんが、一朝一夕で扱えるようになる技でもないぞ。まあやってみろ。筋が良ければ弟子にしてやらん事も無い」

俺の言葉にエリミネーターは数秒の間考える素振りを見せてから、脇に置いてあった銀色の短い槍を投げ渡して来た。

咄嗟にキャッチし、困惑しながら見返すと「それに魔力を流してみろ」と言われる。

「……術式装填」

目を瞑り、槍へ架空の血管を伸ばすイメージをする。

魔力の伝導に槍がキチキチと震え、それを見ていたエリミネーターが息を呑んだ。

「〝水魔術〟……！」

空色の光筋が水脈の如く銀槍を走り、槍の震えが止まる。深く息を吐きながらエリミネーターへ目をやれば、無言で槍に触れてきた。

「……誰から習った？　オレのにそっくりだが」

「いや、前あなたが使ってたのを真似して……」

俺がそう言うとエリミネーターは、驚きと悲しみと怒りをごちゃ混ぜにしたような変な表情になった後に、がっくり肩を落とした。

「……本来は、見よう見まねで使えるような技術では無いんだがな。どこの世界にも、化け物染みた才能人は居るという事か」

複雑そうな表情で灰色の髪を掻き、エリミネーターは言う。前にスティルシアも言ってた通り、俺にはかなり魔術の才能があるらしい。運動も勉強も人並みなのに。

モンスターが来なければ一生わからなかった才能だ……いや、わからない方が良かったが。

「はぁ……やってられんな。オレがそこまで何年かかったと思って……まあ約束は約束だ。教えてやる」

「エリさーん、酒は飲まんのか？」

「一緒に飲みたいから待っててくれヤスさん。……じゃあ、すぐ使えるのをパパッと見せてやるから適当に真似しろ。できるんだろオレと違って才能あるんだから……」

ちょっぴりふてくされた感じで、エリミネーターは武器に魔力を流し始めた。色とりどりの葉脈が鉄を駆け巡り煌めく。俺は、それに焦ってメモ帳を取り出した。

「そんなの使えたって上級モンスターには手も足も出ないのに良くやるよね……君も、あいつも」

「いざっていう時、手札が多いに越した事は無いだろ。目眩ましぐらいにはなる」

夕焼けに染まった田舎道、街から帰ってきた俺はメモとにらめっこしながら家路を歩いていた。

……今日エリミネーターに見せてもらった〝術式装塡〟は三種類。

暴風を巻き起こす『ブレーナイト』、地面を隆起させる『オーロベルディ』、紫煙を撒き散らし視界を奪う『ラピスラズリ』だ。

しかし三つとも、流石にまだ実戦では使えそうにない。家に帰ったら練習しなければ。

「はぁー！　やっと帰ってきたね！　歩きすぎて足がパンパンだよ……」

「疲れたからっていつもみたいにソファ独占すんなよ」

「ええ!?　エルフは運動した後ソファに寝っ転がりながらテレビを見てコーラとポテチを摂取しなきゃ死んじゃう生き物なんだよ!?」

「どんだけピーキーな生態してんだお前」

Chapter 3

終焉の序曲

——奴らはずっとこちらを見ている。

そう、暗い星界の遥か彼方からずっとだ。

私の知らない私のことを、ずっと睨みつけているのだ。

「……朝、か」

街に行った次の日。レースのカーテンから差し込む朝日で、俺は目を覚ました。

無意識に開いていた瞼をくしくしと擦り体を起こす。壁時計を見ると八時だった。

「よっ……と？」

ベッドに手を突いて立ち上がろうとして——手にひんやりした、柔らかいすべすべの物体が触れるのを感じる。

不思議に思いながらそちらを見ると、そこには俺の布団に入り込んで規則的な寝息を立てるスティルシアの姿があった。……また俺のベッドに入ってきたのか。最近は良くある事だ。

何故こんな事をするのかと問い詰めたら、バツの悪そうな顔で「君にできるだけ長く私を見ていてほしいから」なんて意味不明な事を言っていたが。

「人懐っこい犬かっての……おーい、起きろ」

「ん、ゆぅ……？」

ぺちぺち頬を叩いて目覚めさせる。長い睫毛を携えた瞼がゆっくりと開き、深紅の瞳が露出した。

「■■■■……？」

「なに寝ぼけてんだ」

昼間の天真爛漫さとは裏腹に、起きたばかりのスティルシアは毎朝ガラス玉みたいに冷たく無感情な目で俺を見てくる。まるで我を忘れたように。相当寝起きが悪いのだろうか。

「……■――■■■――■」

「ほら、俺だってば」

困惑した様子で辺りを見回してから、スティルシアはやっと俺の目を見た。深紅の瞳に俺の像が反射し瞳孔がきゅっと小さくなる。

初めて出会った時に、記憶を読んできたのと同じような仕草。

「■■、■■……ぁあ、ぁ、君か」

「俺以外に誰が居るんだよ……ったくこのくだり毎朝やるのか？　朝飯作るから早くベッド出ろよ」

「あはは……ごめん、ね」

歯切れの悪い様子でにへらと笑うスティルシアを一瞥し、俺は台所へと歩いていく。

後ろからぺたぺたと、フローリングの床を裸足が踏みしめる音が付いてくるのが聞こえた。

「……術式装填・〝炎魔術〟」

包丁を握り、刃に深紅の葉脈を走らせて消毒する。前から練習していた炎属性の術式装填、カーネリアンだ。

蛇口を捻りそれに水を当てると、熱した鉄を急激に冷やした時特有の「ジュウゥゥゥ！」という音が発せられる。

昨日みっちり練習したお陰で、前まで使えなかったカーネリアンも安定して発動させられるようになった。流石に水より出力は劣るけど。

「〝風魔術〟」

カーネリアンを解除してから、俺は小さくそう呟いた。赤色に代わって今度は緑色の管が走りはじめる——昨日教わった、風属性の術式装填だ。

俺を中心にしてキッチンをそよ風が吹き荒ぶ。

それが少しずつ勢いを増していき、ちょっとした暴風と呼べるぐらいにまでなった時……俺は数メートル先にあるキッチンペーパーを見据えて、虚空を横に薙ぐように包丁をなぞらえた。

スパンッ、と。包丁に掠ってさえいないキッチンペーパーが風の刃によって切断された。

そして吹き抜ける風の方向を指先で操作して、キッチンペーパーの切れ端を俺の手元まで運ぶ。

風に乗ってふわりとやってくる紙をキャッチし、俺は満足気に頷いた。風魔術を利用した飛ぶ斬撃——自然現象で言う、かまいたちを意図的に引き起こす技。

本来は室内で気軽に使うようなモンじゃないけど、こういうのは言語とかと同じで日常に組み込んだ方が上達が早い。

だからこうして普通に料理をする時もあえて術式装填を使うようにしている。目指すはハリー・ポッターの世界だ。

「曲芸師みたいな事するねぇ……魔力操作の精密さだけなら、もう私よりも上なんじゃないかな」

「そんなんで良いのか？　精霊王さま」

「その名前出すのやめてくれないかな!? なんか、聞き覚え無いはずなのに胸がゾワゾワするんだ……」

俺が冗談めかして言うと、スティルシアはげんなりした顔でそう返してきた。本気で嫌そうだから、このネタでいじるのはやめとくか。

「あ、そうだ。朝は何食べたい？」

「君が美味しいと思うものが食べてみたいな……きっとそれは今日も、私の覚えてる食べ物の中で一番美味しいものだから」

「なんだよそれ……」

◇

【昨日、前回と前々回の〝黒いオーロラ〟爆心地である成層圏から、基準値の五十倍の未知エネルギーが観測されました。怪物たちによる被害は未だ各地で続いていますが、専門家からは第三波が来るのではないかとの推測も……】

「……きっと、もうすぐ上位モンスターがやってくるよ。既に少し時空が揺らいでる」

ソファに座ってテレビを見ながら、スティルシアは静かにそう言った。……いよいよ、か。覚悟はしていたが、いざ来るとなると恐ろしいな。

あのスティルシアをして『全ては狩れない』と言わしめる埒外の怪物。戦うなんて考えない方が良いだろう。

「お前の世界では、上位モンスターにはどうやって対抗してたんだ？」

「うーん……少なくとも、ちょっと前までは災害と同じような超越者として扱われてたよ。意思を持ったハリケーンや津波と同じ、誰も戦おうなんて考えなかった……けど」

綺麗な顔立ちを歪めて、スティルシアは言葉を続ける。

「……百年ぐらい前に、私の世界に〝勇者〟が現れたんだ。それから先の事は良く覚えてない」

「勇者……？」

「本当はもっともっと複雑な名称があるんだけどね……この世界の言葉に当てはめるなら間違いなく、〝人類を救う勇者〟だよ」

スティルシアはパッと手を広げて、そこに小さな氷の人形を作った。剣と杖を携えた戦士の氷像。

「正義の化身みたいな男でね。恐ろしく強くて、おぞましく正しい。奴と奴の仲間は、僅か七日で地表から上位も含めてモンスターを一掃した」

忌々しそうな顔で、スティルシアは氷像を握り潰した。煌めく氷の破片がぱらぱらと床に落ちて霧散する。

「……モンスターは、私の世界では星に組み込まれた普遍的なシステムの一つだった。ただ人類に不都合というだけで……それを他の世界に流しなんてしたら、不具合が起こるに決まってる」

確かに……地球で最も人間を殺している生き物は『蚊』だが、それを絶滅させてしまえば川が濁ってそこに住む生物も死滅すると聞いた事がある。

一見有害な存在でも、全体的に見れば重大な自浄作用であったりするのだ。

「だから恐らく、私はそれを止めようとして〝勇者〟に打倒されたんだろう。自分たちを苦しめる怪物を守ろうとする私は……奴らの目にはきっと、人類に仇成す〝魔王〟にでも見えたんじゃないかな」

湯飲みに入ったお茶をすすり、目を細めながらスティルシアが言った。……それで、世界から追放なんてされたのか。

エリミネーターは手に負えない罪人と言っていたが、全ての者がそういうわけではないらしい。

「魔王ねぇ……どこの世界に寝そべってポテチ食べながらツイッター荒らしてる魔王がいるんだよ」

「ついったーで遊ぶと履歴が残るから良いんだよね……それと言葉を返すようだけど、同居してる美少女に手を出さずに夜な夜な熟女モノでお楽しみの君もかなりアレだと思うよ」

「お前自分で自分を美少女とか言って恥ずかしくないの？」

「うぅ、恥ずかしいよぉ……」

「俺はお前が怖いよ」

それから、スティルシアはクッションに顔をうずめて「二度寝しよっかなぁ……」とあくび混じりに呟いた。くふぁぁぁ……と猫みたいに体を伸ばし、目を閉じる。

「……ぁ」

「どうした?」

「来る……」

——弾かれたみたいに、ソファから勢い良く立ち上がった。……『来る』? 何が?

俺は、その疑問をスティルシアにぶつけようとして——

「……なんだ、あれ」

ひらめくカーテンの隙間から見えた空には、ドス黒い波紋が広がっていた。

そこには、先ほどまでの青々とした夏空の姿は無く。水面(みなも)へ大量のインクを注いだような——見ているだけで本能的な恐怖を覚える、ある種の壮大さを感じる光景だった。

『緊急警報、緊急警報』

けたたましいサイレンと共に、テレビとスマホがほぼ同時に鳴り響いた。咄嗟にテレビに振り向く。

「……は、ぁ?」

——そして、そこに映っていた情報を見て。俺の口から、勝手に呆けた声が漏れた。

【み、未知生命体の攻撃により……っ！　イギリス領、ブリテン島が、消滅、しましたっ……!?

ほ、他にも、幾つもの国家が苛烈な攻撃を――！】

――なんだこれ、なんだこれ、なんだこれ。

現実を受け入れられない。頭がぐわんぐわんする。

無数の疑問符に埋め尽くされた脳味噌が、オーバーヒートしそうになる。

「っ……■■■■■■（プリズム・バリア）！」

いつになく焦った様子のスティルシアが、家の天井――いや、その遥か先……恐らくは〝天〟に向けて右手を突き出しながらそうさけんだ。

「▲◆▲◆▲◆▲◆▲！！！！」

「ぐっ、ぅ……！」

外からガラスの割れるような音が聞こえると共に、形容しがたいナニカの咆哮が聞こえてきた。

窓から顔を出してその発生源を探る。そして――ソレは、すぐに見つけられた。

サイズは、空を覆う程。縦にも横にも軽く一キロはあるだろう。さっきの黒い波紋に代わって太陽を隠していたのは、〝巨大なピエロの生首〟だった。

白い皮膚に施された、左右で表情の違うメイクはそうとしか表現できない。

真っ赤な唇から露出する鋭い牙で、自分の落下を阻止する半透明の壁を食い破ろうとしている。

「二重詠唱（デュアル・キャスト）……！　■■■■■（ゴア・ライトニング）！」

透明な防壁とピエロを挟み込むようにして、生首の頭上に巨大な黄色の魔法陣が発生した。

そこから発せられた直視不能なまでに眩（まばゆ）い稲妻が、槍の如くピエロへ突き刺さる。

「◆▲◆▲◆▲◆▲!?」

反撃されるのは予想外だったのか、ピエロは激痛に表情を歪めながらこちらを見てくる。

そして――自分へ掌を向けるスティルシアを見つけると、今度は心底怯えた様子になって遠くの空へプカプカと逃げていった。

――まるで隕石だ。規模がおかしいだろう。

「ふーっ……ふーっ……！」

「やっ……べぇ」

ぜぇはぁと肩で息をしながら、スティルシアは無言でパチンと指を鳴らした。

すると家の周囲に、先ほどのバリアが何重にも展開される。そして、けほけほ咳き込みながら床に膝を突いた。

「大丈夫か!?」

「……だいじょぶ、だよ。ちょっぴり、疲れただけだから」

急いでコップに水を汲み、スティルシアの唇に押し当てる。コクコクと震える細い首筋を確認しながら、少し安心して――机の上から聞こえる、恐ろしくうるさいサイレンに耳をつんざかれた。

「……モンスター図鑑が鳴ってる」

音の元凶は、政府から支給された例の端末だった。嫌な予感がしながらも、恐る恐る手に取って。

そして案の定、後悔した。


【脅威ランクS『爛れ古龍』】

【脅威ランクS『戦闘衛星』】

【脅威ランクS『道化の星』】

【脅威ランクA『捻れ騎士』】

【脅威ランクSS~『ドリーマー』】

【脅威ランクS+『モードレッド』】

【脅威ランクA+『詠う死神』】……


『指定された位置情報の近くに居る駆逐官は、すみやかに向かってください』そんな無機質な機械音声と共に、プツリと信号は止んだ。

しかし、それからすぐにまた別の番号から通信が来る。今度は通話だ。

「……はい」

「っ……〝熾天狩り〟!? 無事だったんですね!? 良かった、すぐに来てください! あなたの力が必要なんです！」

「……ごめんなさい」

「ああっ!?　ちょっ……一部の上位ランカー以外誰も来てくれないんです、このままでは……っ！」

プツン。端末の通話を切り、コトリと机に置いた。

数秒と経たずに再度着信が来るが、顔をしかめながら無視する。……こんなの無理だ。あんな化け物の巣窟に行くなんて殆ど自殺行為だろう。

『この星の人類はもう駄目かもね』

いつか聞いたスティルシアの言葉に、ようやく合点がいった気がした。

◇

「ふぅ……あの程度の相手で息切れするなんて情けないよ。どうしてこんなに弱くなっちゃったんだろ。魔法も〝ゴア〟以上は忘れちゃったし……」

「あの程度、って。ほぼ隕石だっただろアレ……」

憂い顔でぐーっと体を伸ばしながら、スティルシアは溜め息を吐いた。

様々な創作物で最強クラスの脅威として描かれる隕石だが、スティルシアからすれば『あの程度』らしい。

「……上位モンスターが来てるってのに、まだテレビ局は生中継してるんだね。まったくこの世界のマスコミは商魂たくましいよ……」

「たぶん地震とか津波とかと大差ない災害だと思ってるんだろ。それか、ヘリなら現場に行っても大丈夫だと思ってるか。どちらにせよこんな状況でも視聴率稼ぐために必死なんだよ」

スティルシアの言うとおり、未だテレビには【現場の状況】とテロップが流れた街の惨状が映し出されている。リポーターの切迫した声はプロペラの羽音に掻き消されてほぼ聞こえない。

しかし上空から俯瞰（ふかん）した視点ゆえに、街のそこらに異質なモンスターたちが散見できた……一目で分かる。上位モンスターだ。

先ほどの通知にあった奴らとは明らかに違う種類のもいる。どうやら、上位モンスターは予想外に数が多いらしい。俺はモンスター図鑑を取り出し、食い入るようにテレビ画面を見つめる。図鑑の情報と擦り合わせ、特性を探るためだ。

最初に目についたのは、スティルシアの使う物より遥かに大きい黒い球体……時空掘削球体（ドミネーション）を七つ同時に操作して破壊の限りを尽くす、〝鳥のようなカタチをしたなにか〟……【次元梟（ジゲンフクロウ）】。ランクは暫定A～。

それから、自分の周囲の宙に幾多の本を浮遊させる仮面をつけた子供。

そいつの半径十メートル圏内では人間が動物に変わったり電信柱が大木に変わるなどの異常現象

が繰り返されている。

【規定事象改竄者(ミラージュ・カットアッパー)】。ランクは……暫定S－。

……俺の街にいる、パッと確認できる上位モンスターはこの二体だ。はっきり言って異常だ。単体で国を滅ぼせるクラスの化け物が、一つの街に最低でも二体。恐らくスティルシアに引き寄せられたのだろう。

「……こいつらか。鳥の方はそうでもないけど、人型の方はちょっとまずいな」

「知ってるのか？」

「うん、ヤツの権能は『現実の改変』だ。星の法則を捻じ曲げ、世界の道理を書き変える……少し厄介な相手だよ」

現実の、改変……？　なんだそれ。わけが分からないが、それが恐ろしい能力な事だけは分かる。

「そ、そんなのが近くにいて、大丈夫なのか……？」

「安心しなよ。私の全魔力の八割をバリアの形成に割いたからね。これならもし仮に〝勇者〟相手でも三分はもつよ」

「いまいちピンとこねぇよ……」

とにかく……大丈夫って事か。それに少しだけ安心しながら、俺は今一度テレビへ目線を移した。

ヘリカメラの視点は先ほどから移動しており、さっきとは別の場所を映している。だがそこまで景色は変わっていない。地獄で一色だ――

「あ」

画面の右端、ビルの瓦礫(がれき)を踏み潰すみたいにソイツは鎮座していた。灰色の鱗と巨大すぎる体軀(たいく)のせいで、逆に気が付けなかった。道路を埋め尽くすようにして立ち尽くすそのドラゴンに。

「……こいつは、今の私じゃちょっと厳しいかな」

頬に冷や汗を伝わせながら、スティルシアがそう呟く。急いで端末の画面をスワイプして、俺はすぐにそれを見つけた。

【爛れ古龍】ランクS。

図鑑の写真と変わらぬ威圧感を画面越しにも放ってくるその右半身をドロドロに焼け爛れさせた龍は、長い鎌首をもたげて天を仰いだ。そして、刀剣の如き牙の生え揃った口を開いたその時――

ジュッ、と。

――天から降り注いだ光の柱によって頭部を貫かれた。

「……あれは」

呻き声をあげながら地面に倒れ込む『爛れ古龍』の背に降り立つ小さい人影。フード付きのゆったりした白いローブを羽織り、背中には大きな杖が装備されている。

スティルシアは、目を見開いて画面の中のそいつを見詰めていた。

「■■■■■……？」

まるでスティルシアの視線に気が付いたかのように、肩をビクッと跳ねさせてローブの人影がこちらへ振り向いた。フードから覗くルビーみたいに真っ赤な瞳が、確かにスティルシアを捉える。

そしてそれに呼応するみたいに、スティルシアの瞳孔が細くなっていく。

この動作……記憶を読もうとしているのか？

「いや、違う、私は、違うんだ。知らない、そんな記憶、見たくない……！」

「おい、どうした!?」

赤目フードとスティルシアの視線が交差する。するとスティルシアは過呼吸になり、頭を抱えながらしゃがみこんだ。

――何がなんだか分からない。だが、あの赤目ローブに原因があるのは明白だ。俺は無意味と知りながらもテレビを睨みつけ――『みつけた』、と。

液晶の向こう。フードの中に隠れた唇が、確かにそう動いた。

「っ……！」

『せんせい……！　先生、先生ッ！　そこにいらしたのですね！』

そこからは一瞬だった。

地面に立っていた赤目フードの姿が一瞬で掻き消えたかと思ったら、次の瞬間にはカメラの前にワープしてきていた。

ヘリの上、放送局のスタッフを押し退けて撮影機材の前に躍り出たソイツは、被っていたフードを引き剝がしてこちらへ呼び掛けてくる。

露出したのは癖のある赤毛に赤目の青年の顔。線が細くインテリっぽい顔付きだ。

「俺たちに話しかけてるのか……？」

「ぁ、あ……やめて、しらないってばぁ……私は、あんなのに、戻りたく」

『あぁ！　やはり先生だ！　間違いない……！　あの恩知らずの勇者(ゴミ)に謀(たばか)られていたのですね！　私もなのです……ッ！　これから私たち二人でこちらの世界を呑み込み、必ずや奴へ復讐を――……む？』

極限まで昂った様子だった男は、少し困惑した表情で顎に手を当てた。

「おぉ……そうか。すっかり忘れていた。先生はご病気を患っていた……私とした事が、とんだ不敬だ。どうかお許しください」

ぶつぶつ小さな声で何かを唱えながら、男はずいっとカメラへ自分の顔を近付ける。

『さぁ、私の瞳を覗いてください！　さすれば全てを思い出す筈です！　あなたの全盛を……！　精霊王スティルシアを取り戻してください！』

「っあ、っ……」

男の瞳が画面いっぱいに映し出され、スティルシアはそれを見た。鏡写しのように、互いの深紅の瞳が見詰め合う――

「ぁあぁあぁあ……！　あぁあぁあぁ■■■■■■■！！！」

「スティルシア……!?」

髪を振り乱しながら絶叫するスティルシア。俺はそれに近づこうとして——思わず、尻餅をついた。

息を荒くして床にうずくまるその少女から発せられる冷たい雰囲気と、息ができない程の威圧感は、俺の知るスティルシアとは全くの別物だったから。

「はぁっ、はぁっ……！　■■■……!?」

『思い出されたようですね！　ではお待ちしております！　まずはこの都を陥としましょう！　あぁ……！　まさか、また先生と一緒に戦えるなんて！』

男の指先から閃光が発せられ、爆発音と共に画面が砂嵐になった。カメラが破壊されたのだろう。

結局、なんだったんだ……？　俺は一瞬唖然としていたが、スティルシアに起きた異変を思い出してすぐにそちらへ目を向ける。

「私、は……」

スティルシアは、妙にギラついた目付きのますますくっと立ち上がった。そしてそのまま、ふらふら玄関の方へ歩いて行こうとする。

それに底知れぬ嫌な予感がして、俺は咄嗟に肩を摑んで引き止めた。

「おい、スティルシア！」

「行かなきゃ……」

「さっきから、おかしいぞお前……!?」

無理やりこちらに振り向かせ、スティルシアと目を合わせる。鋭くギラギラしていた瞳が、俺を見て少し穏やかになった。が、すぐに戻ってしまう。

「……私は」

「何があったんだ、アイツは誰なんだよ……!? 俺に言えよ……!」

「わたし、は」

スティルシアは一瞬だけ泣きそうな顔になった後、しめやかに瞼を閉じた。

それからまた目を開き、今度はキッと俺を睨んでくる。

「っ、なん、だよ」

「私は……」

初めてスティルシアから向けられた敵意の視線に、思わずたじろいだ。

どうして……と、俺は必死に思考を巡らす――

「私は、君の事なんて知らない」

「……え？」

頭が真っ白になる。

俺の事を、知らない……？　なに、言ってるんだ。出会ってから今までずっと、一緒に居ただろう。

「君は以前から〝スティルシア〟を知ってるんだろうけど、〝私〟は今日初めて君と話した」

「わけ、わかんねぇよ……？」

「はは……優しくて才者な癖に愚鈍な奴だな君は。分からないのかい？　君のおばあさんと似た……ありふれた脳の疾患さ」

スティルシアは、半ば嘲り（あざけ）を含んだ声色で俺にそう言った。ばあちゃんと、同じ……？

「──症状の近いもので言えば一過性全健症、あるいは老年性認知症。私はね、新しい記憶を一日以上保持できないんだ。長生きのし過ぎで、いつからか記憶が脳みそから溢れ（あふ）てしまっているのさ」

脳が理解を拒んでいるかのように、俺は頭の中で上手くその言葉を嚙み砕けなかった。……一日しか記憶がもたない？　そんなわけ、ないだろ。だって今まで、普通に。

「変な嘘、つくな……！」

「嘘じゃないさ……私が毎日君の事を覚えている〝ように〟振る舞えていたのは、朝に君の記憶を

読んで、眠るその時まで君の中にある『スティルシア』を演じていたからだよ」

「過去の自分自身を演じるなんておかしな話だよねぇ……？」と笑いながら、スティルシアは更に続ける。

「自分が出演しているドラマか映画を見ているような気分だったよ。知識としては知っているが体験した覚えは無い……尤も、ボーイミーツガールは嫌いだから感情移入はできなかったけどね？」

典型的な『やれやれ』のポーズで肩をすくめながら、スティルシアは首を横に振った。その最中……混乱する俺の頭の中で、思い当たる節が幾つも出てきた。

——毎朝起きた時、執拗に俺の瞳を見つめてくる事。

——妙に忘れっぽくて、少し前の事もすぐに忘れていた事。

——『君にできるだけ私を見ていてほしい』と言った事。

揃えたくもないパズルのピースが勝手に揃っていくみたいに、今までの細かな違和感の全てが今の告白に当てはまった。

一気に真実味を帯びてきた絶望に、横からガツンと頭を殴られたみたいな感覚に陥る。

「……と、いうわけで。私からすれば君は殆ど他人だし、大した思い入れも無い、無いんだよ」

「——っ」

「おっと……傷付けてしまったかな？　じゃあ、さよならだ」

スティルシアは俺に背を向け、パチンと指を鳴らした。すると玄関口に大きな黒い靄が出現する。

転移魔法だ。

「なん、で」

「あの男にちょっと用があってね……あ、一応は恩人である君に忠言しておくと、この家からは出ない方が良いよ。魔法結界の外に出たらもう何も君を守ってくれないからね」

「まって、くれ」

黒靄の中へ足を踏み入れるスティルシアの背中に、俺は手を伸ばす。

しかし、伸ばした手は靄に阻まれて弾かれた。

「……じゃあね。もう二度と会うことはないだろう。今後一切、私は君の物語から退場する」

――振り向き様、少し悲しげに微笑(ほほえ)んで。スティルシアは黒靄と共に消え去った。

静寂に包まれた玄関。そこに残ったのは、ポツンと立ち尽くす俺だけだった。


それからの事は良く覚えていない。

何も考えられないままリビングに戻って、ソファに座って。何も映さないテレビとにらめっこしながら、先ほどまでここにいたスティルシアの残り香にすがるようにクッションを握り締めていた。

――『私は君に大した思い入れも無い』

――『私からすれば君は殆ど他人だ』

「……」

先ほどの言葉がフラッシュバックして、ズクンと胸の奥が焼け爛れたような、張り裂けたような痛みを感じる。全くの比喩(ひゆ)無しに――心に穴が開いたみたいな感覚だった。

俺はこの感情を知っている。大切な人を失った時の気持ちだ。

「はっ、ははは」

幸せ、だったのか俺は。

自分の料理を美味しいと言ってくれる人が居た事が。機械的に言うだけだった『ただいま』に返事をしてくれる人が居た事が。……一人じゃない、事が。

「馬鹿、じゃねぇの……」

頭を掻きむしりながら自嘲する。

――なんで、失ってから気が付くんだ。これじゃ苦しいだけだろう。

ぽつぽつと、俺のズボンに数滴のしずくが落ちて染みになった。祖母の時で涸(か)れたと思っていた涙が、止めどなく溢れ出す。

痛くない時の幸せは痛い時にしか実感できないのに。痛い時の不幸せには、痛い時でしか気が付けない。いつもそうだ。そしてそれは俺が愚かな人間だからだ。

【ランク——指定異界生命〝白夜〟が出現——しま——た】

ノイズ混じりのサイレンに、俺はビクッと肩を跳ねさせた。……また、何か出たのか。

街に行くと言っていたがスティルシアは大丈夫なのだろうか。あいつの事だからまた何かで困ってるんじゃないか。……今からでも、助けに——

——『私は君の事なんて知らない』

「……そう、だよな」

浮かせかけた腰を、脱力させて床に落とす。……俺なんて、アイツに求められていないのだ。

今までだって内心、俺の事を衣食住を提供する都合の良い人間程度にしか思っていなかったのかもしれない。

落ち込んだ思考が、どんどんと負の螺旋に吸い込まれていく。

「……あぁ、そうだ。ゲームしよう、ゲーム」

俺はテレビの横に積んであるゲームソフトを乱雑に摑み取り、ゲーム機に差し込んだ。

一番上にあったのは古典的な横スクロールアクションゲーム。最近スティルシアがよくやっていたものだ。

無駄に難易度が高く、俺は三ステージ目で投げ出してしまったんだ。

タイトル画面でスティルシアのデータを削除し、『はじめから』を選択した。

「楽しいな……」

ゲームは好きだ。没入感が深いからテレビよりも本よりもずっと現実を忘れさせてくれる。

祖母が死んだ時だって、親戚にまかせきりでずっと部屋でゲームをしていた。一月ぐらいそういう生活をして、やっとあの人の存在を少し忘れられた。


現実逃避。


子供が嫌いな食べ物を噛まずに呑み込むみたいに、根本的な問題を解決しようとせず、ただ嫌なものが喉元を過ぎ去るのを待つ。それが俺の生き方だった。

そうして息の詰まりそうな孤独の中、一人でも息をする方法をやっと覚えられたんだ。

またそうすれば良い。それを思い出せば良い。

世界を救う勇者に自己投影しろ。美しい姫を助け出す戦士に自己投影しろ歴戦の傭兵に自己投影しろ巨大ロボのパイロットに自己投影しろ――

「あ、クッソ……死んだ」

怪物の吐き出す炎に当たり、俺の操作していたキャラクターが死亡した。それから三、四回と挑戦するが、何度やっても怪物の炎が回避できず同じ結果に終わる。

……思い出した。確か前回もここで放り投げたんだ。

確かこの炎を掻い潜れるルートが一つだけあった筈――

「スティルシア、このステージって――……ぁ」

ソファの方に振り向きながらそう口走って、そこに虚空しか無い事に気が付く。

……駄目だ、このゲームは。

……バンダイからだ。

ガリガリと頭を掻きむしり、違うソフトをゲーム機にセットした。

そして再びコントローラーを手にした時、スマホが震えて着信を示す。

『……っ、あっ、出た！　おい、無事か!?　外、大変な事になってて……！』

「バンダイ、ゲームやろうぜ、ゲーム」

『……は？』

「だから、ゲーム。好きだろお前。対戦な」

『何、言って……？　そんな場合じゃ』

「頼む、から」

『……わ、分かった、分かったから……ははは、久しぶりだな、中学の頃以来か？』

携帯ゲーム機を引っ張りだしてきて、電源を入れた。

二つ折り式の、一世代前のやつ。久々に起動したせいか画面に幾つか変な線が入ってしまっているが、プレイに支障は無さそうだ。

『じゃあ、パケモンやるか。ルールは三対三で良いか？』

「あぁ、うん、大丈夫、なんでもいい」

通信(パケット)モンスター。

某モンスター育成ゲームの後追いで数年前に発売したゲーム。近所のゲーム屋で中古を千円で買ったのを覚えている。

当時あまり売れなくて続編は出ていないが、作り込まれた対戦システムからコアなファンが多く、何度か再販している。俺もわりと好きだった。

機体をＷｉ－Ｆｉに接続して、バンダイと対戦を始める。

『いけっバラギアス、〝きもいかお〟！　ふはははっ!!　このパケモンの攻撃種族値は１４５だ！』

「おぉ……」

『そしてそこから繰り出される〝きもいかお〟は全パケモン中4位の威力、禁止パケモンを抜かせば一位だ！　この種族値と〝きもいかお〟を両立できるのはバラギアスだけだぞ！』

「すげぇ……」

「ははは!!　馬鹿め！　今の積み技はブラフだ！　バラギアス、〝ゆいごんじょう〟！　バラギアスの戦闘不能を代償に、上昇ステータスを全て控えパケモンへ引き継ぐ！」

「かっけぇ……」

「……むう」

そうして対戦を続けていると、何故かバンダイが不満そうに溜め息を漏らした。

『……なあ、貴様、楽しくないだろう？』

「え？　いや、楽しいよ。電話だから見えないと思うけど俺今全身を使って喜びの舞い踊ってるし」

『貴様はどこの危ない民族だ!?　……いや、なんというか……もしかして、前に学校で言ってたペットとやらがさっきの災害で脱走したり……その、もしかして、死んでしまったり、したのか？』

バンダイの言葉で、俺の喉から思わず「こひゅ」と変な音が出た。こいつはたまに勘が鋭い。

「なんで、そう思う？」

『だって……貴様、おばあさんが亡くなった時もこんな感じだったから』

「……」

『いや、別に畜生とおばあさんを一緒にしてるとかじゃないからな!?　怒らないでくれ黙らないでくれ！　沈黙に圧し潰されそうだよ！　……ただ、何か大変な事があったのは分かるのだ』

「……まあ」

『なら、吾(われ)に相談してみろ。きっと何も解決しないし助けにもなれないが……気持ちは少しだけ楽になる筈だ。貴様には助けられてばかりだからな。たまには何か役に立たせてくれ』

俺は少し迷った後、唇をきゅっと締めながら鼻で息を吸った。

それから、小さな声で「ああ」とバンダイの言葉に頷いた。

「……ありがとう」

『むはは！　友達だからな！　当たり前だろう！』

バンダイの掛け値無しの善意に感謝しながら、あるいはそれをバンダイに悟らせてしまった自分の心の弱さを呪いながら。俺は、ぽつりぽつりと話し始める。

「……裏切られたんだ」

『え？』

「いや、きっと向こうは最初から俺の事を都合の良い人間程度としか思っていなくて。だから、裏切られてすらいないんだ」

『ど、どっちなんだ……？』

「……さあ、自分でも何言ってるか分かんねえよ」

異様に渇いた喉に水を流し込んでから、俺は続ける。

「ある程度、分かりあってると思ってた。でも俺はあいつの事を何も知らなくて。俺が理解して踏み込んだと勘違いしてたあいつの心は、ただの上辺だけだったんだよ……悪い、話見えないだろ。聞いてくれるだけで良いから、もう少し我慢してくれ」

困惑した様子で返事をするバンダイに感謝してから、俺は吐瀉物でも吐き出すみたいに言葉を続ける。

「そいつはさっき、本当の仲間と再会して。俺の事なんて捨てて、家から出ていったんだ」

『……』

「馬鹿みたいだった。いつからか自分があいつにとっての唯一無二だと勘違いしてた。実際はただの有象無象の一人でしかなかったのに」

『……そうか』

重苦しい声色で、バンダイが言った。

『その気持ち、分かるぞ。吾もアイドルの握手会に通い詰めたが、向こうは吾の顔すら覚えてくれていなかった』

「はは、一緒にすんじゃねぇ……いや、似たようなもんか」

『だが、今もファンは続けているぞ。もしかしたらいつか振り向いてくれるかもしれないし、まだ直接好きだと告白して振られているわけでもないからな。いや、仮に振られてもファンは続けると思うが』

「……何が言いたいんだ」

『何度砕けても、諦めなければ大丈夫……吾のクソみたいな人生の数少ない教訓だ。夢が叶うまで挑み続ければ、いつかぜっっったいに叶うんだ。それを胸に刻んでさえいれば、どれだけ傷付いても大丈夫なのだ』

バンダイは『だって諦めさえしなければ、夢を胸に抱いた時点で絶対に叶うのは確定しているのだから』と笑いながら言って、それから照れを隠すように咳払いをした。

『もしかすれば、向こうだって実は追い掛けてほしいのかもしれないぞ。少なくとも吾ならそう思い込んで自分を慰める』

「……そういうのじゃ、ねぇんだよ」

『それは分からないだろう！　貴様はエスパーか？　違うだろう！　そもそも、貴様の言う〝あいつ〟はなぜ出ていった？』

「だから、本当の仲間と再会して――」

――再会して……再会して、何をしようとしている？

……その時俺は、重大な事に気が付いた。

一気に顔から血の気が引いていく。あの男は確か『この世界を呑み込み勇者へ復讐を』みたいな事を言っていた。そしてその後、すぐにスティルシアは奴のいる街へと転移していった。

――まさか、あの男と一緒に世界を滅ぼそうとでもしているのか？

さっきの様子からして恐らく、前の世界の詳しい記憶を思い出したのだろう。考えが変わっても不思議じゃない。

「……っ」

人類相手に殺戮の限りを尽くすスティルシアの姿を想像して、俺は心がひび割れるような感覚を覚えた。……そんなの、あいつが『可哀想』だ。

向こうからすれば他人だとは言えこの一ヶ月と数日、ずっとスティルシアの事を見てきて俺も多少はあいつの人間性を把握しているつもりだ。

……本質的に、優しく穏やかな人間なのだ。あいつは。複雑な立場やら記憶にがんじがらめにされている様ではあるが、それだけは分かる。

だから。もし、もし——何かの間違いで、スティルシアが人々に牙を剝くような事があれば、あいつは絶対に後悔する。自分を責めて、苦しんでしまうかもしれない。

誰かが止めてやらなければ、そうなってしまうかもしれない。

「……俺に、何ができる？」

『……？　お、おい、何を言って——』

「ありがとう、バンダイ」

電話を切り、ゆっくりと立ち上がりながら自問自答する。

押し入れの方へ歩いていって、厳重に保管してあったナイフを取り出す。術者が居なくなっても刃に刻まれた魔法陣は健在だった。それを固く握り締めながら、俺は僅かに口角を吊り上げた。

——俺はあいつに求められていない。それが、どうした。互いに求め合う必要なんて無かった。

〝俺があいつを助けたいから〟行く。ただそれだけで良かったんだ。

損得勘定で近しい人を見捨てる人間になるな。思いに対価なんて要らない。

ナイフの他に、何本かの包丁と武器になりそうな物をリュックに入れて端末を持つ。

「……行くか！」

勢い良く玄関の引き戸を開けて、俺は外へ一歩を踏み出した。

◇

「よっ……と、防壁を張るのにかなり魔力を持っていかれたな……」

「おおっ！」

阿鼻叫喚に包まれた街、突如として出現した黒い靄の中から一人の少女が顔を出した。

直前に何か嫌な出来事でもあったのか、苦虫を噛み潰したような表情のまま、目の前の男を見据える。

少女の目線の先に立つのは赤髪の優男。

痩せぎすと言っても良いほどに細く、目の下に深く刻まれた黒いクマは疲労というより、この男の内に渦巻く狂気を伝えてくる。

「ふっ、ははは！　どうも先生！　何だか以前より随分と目が優しくなりましたね！　私に会えてそんなに嬉しいのですか!?　私もです！　正に相思相愛ですね！」

「……っ、相変わらず馬鹿みたいな魔力量だ。全くどうして、よりによって君が来てしまったんだろう……ねぇ？　〝大賢者〟」

「はははははは!!　先生の方こそご健壮なようで何よりです！」

「会話が成立しないのも相変わらず、だね」

大賢者と呼ばれた男は、のけぞってケタケタ笑いながら少女へ歩み寄っていく。

「あの恩知らずの勇者め……、先生と私を異界流しに処すとはなんたる厚顔無知か！　先生！　まずは復讐の第一歩として原住民どもに魔力を注いで飽和させ、軍勢を作りましょう！」

「……適性の薄い人間を飽和させても、理性を無くし暴走して死んでしまうだけの筈だが」

「……？　はて、何か問題でも？　当面の目標はこの星を手中に収める事なのですから、既存の文明を消し去るために暴れさせるのが得策でしょう？」

心底不思議そうな顔で、大賢者は少女へ問い掛けた。少女は目を閉じて、ふるふると首を横に振りながら口を開く。

「……そうか、そうなるか。きっと私も最初はそうだったんだろうな」

「む……？　話が見えませんよ。まだ記憶に不備があるのですか？　ならもう一度、私の瞳を……」

「いいや、確かに全て思い出したよ。君から見た私を……醜い女だ」

そう呟いた少女の指先に、小さな青い炎が灯った。それを『殲滅開始』の合図ととったのか、大賢者の口が張り裂けんばかりに弧を描く。背から回転させながら巨杖を引き抜き、勢い良く構えた。

「さぁ……やろうか」

「えぇ……！　あぁ、国落としは久々だ！　それも先生とだなんて！　正に、龍に聖剣――っ!?」

「■■■（星炎）」

――大賢者は、自らの目を疑った。

マッチ程度のサイズから、いつの間にかビルを呑み込む程にまで巨大化した青い炎の球体。

さながら小さな太陽とでも表現すべき圧倒的な熱量と威容が――自分へと、迫ってきていたから。

「ツッツ!?　■■■■■（フル・レジスト）！　何をするのです、先生!?　やはり、記憶が……！」

「言った筈だ。私は確かに全てを思い出したと……ただ、選んだだけだ。■■■■■■（ウルテマ・アイシクル）」

辛うじて星炎を防いだ大賢者の背後から、凄まじい轟音と共に冷気が迫ってくる。横目で背後を確認すると、ベキャベキャとビル群を薙ぎ倒しながら成長する巨大な氷の山脈が見えた。

「ぬぁあぁあぁあぁあぁあぁッツッ!?」

「自分の世界（こきょう）を引っ掻き回し、私を追放した勇者への復讐よりも――この星と、あの子の未来を。

私は選んだんだ」

大賢者は、氷山を回避しながら怒りに顔を歪める。

「あの子の未来に君は要らない……無論、私もね」

「さっきからあの子あの子あの子と……っ、裏切るのですか!?　私と、私たちの世界を！」

「裏切る……？ ククク、変な事を言わないでほしいな。私は今日、初めから君と刺し違えるつもりでここに来たんだ」

少女の背後に、優に百を超える魔法陣が展開する。それぞれ色が違い、孕んでいる効果も全て異なる。しかし全てが第一級の威力を持つ事が大賢者には分かった。

その光景に、思わず目を見開く。

「……少ない」

拍子抜けしたような、半ば失望したような声で大賢者は呟いた。

「なぜ本気を出さないのです？ 本来の貴女なら、一度に千や二千は平気で撃ち込んでくるはずだ」

「……君程度これで充分という意味さ。こんな簡単な皮肉も通じないとは、情けない男だね」

「ほう……？ なるほど、何故かは知りませんが、既にかなり魔力を消耗しているようですね。なるほど、なるほど、くっ、ふふふはハハハ！ そうかそうか！ そうかァッ！ 今なら私は先生に勝てる！」

大賢者は、心底嬉しそうに笑い声を上げる。

唾を撒き散らしながらボリボリと頭を掻きむしり、頭皮から赤い液体と乾燥した皮が剝がれ落ちた。それに生理的な嫌悪感を覚え、少女は僅かに後ずさる。

「ふ、ぬっ、エへへへぇ……っっ！ そうかそうかぁっ……！ 消耗してる今なら、ずっとやりたかった事が沢山できるぞおっ！　先生を臓器ごとに腑分けしてインテリアにする事も！　先生の手足を花瓶に生けることも！　その小振りで柔らかい乳房と尻のお肉をワイン漬けにして食べる事もぉッツッ！！！」

「破綻者め……」

あまりにおぞましい妄言の数々に冷や汗を足らしながらも、少女は準備を終えた背後の魔法陣たちを視界の端で見た。そして「発射」と、掲げた右手を大賢者へ振り下ろす――

「先生……、ずっとお慕(した)いしておりました。どうか、我が魔道が貴女にとって美しくありますよう」

――両腕を広げた大賢者の背後に、万を超える魔法陣が展開した。

「っ――!?」

「さぁ、フィナーレです……ご安心を。貴女が私のモノに成った暁には、すぐにでもこの星の覇権をプレゼント致しますので」

煌めく星の如く夜空を覆い尽くす、無数の魔法陣を見上げながら。

少女は……スティルシアは、悲しそうに目を細めた。

眩しさに瞬(まばた)きする度、瞼(まぶた)の裏側に自分に温もりをくれたあの少年の顔が鮮明に浮かぶ。

「……ごめんね」

Chapter 4

決戦

——こんな穢れた消耗品の魂でも、君は泣いてくれるのだろうか？

――走る、走る、走る。

何故か感じる、途方の無い〝嫌な予感〟に体を引きずられるようにして俺は街への道を疾走していた。

言い表せない胸騒ぎと焦燥に引きずられるようにして、足を動かし続ける。

「■◆▲■◆▲！」

その時、前方から奇怪な咆哮が俺の鼓膜を叩いた。そこに居たのは、道を塞ぐようにして立っている大型の赤いドラゴン。ギザギザした翼脚の先端に鋭い爪が生えている。俺は走りながら図鑑を開いた。

……【イフリート】。ランクはB。以前の俺からしたら圧倒的に格上だ。

「……術式装填・〝水魔術(アイオライト)〟、〝土魔術(オーロベルディ)〟」

リュックから二本のナイフを取り出し、それぞれに別の術式を刻み込む。水の〝アイオライト〟と、地面を隆起させる〝オーロベルディ〟だ。そして、その二つを一気に投擲(とうてき)した。

「■◆▲◆■▲!?」

イフリートの体表に包丁が突き刺さる。それと同時に術式が作動し、ゼロ距離から水のレーザーが発射された。

それに腹部を貫かれ、のけ反った所で〝オーロベルディ〟が作動する。地面から隆起したアスファルトがイフリートの足を拘束して動きを封じた。

「くたばれ……！」

走る勢いのまま跳躍して突き出したナイフの一撃が、分厚い深紅の鱗を叩き割って内部の肉を抉った。

そして更にもう一押し――刺さったままのナイフの刃に、赤い葉脈を走らせる。

「術式装填・〝炎魔術(カーネリアン)〟！」

「■■◆▲■！」

ナイフから発射された炎の螺旋が、ゼロ距離からイフリートの胸に風穴を空けた。よろよろと倒れて灰になるイフリートから摩核を引き抜き、即座に噛み砕く。

体が熱くなり、消費した魔力が回復するのを感じた。

「……急ぐぞ」

自分にそう言い聞かせ、再度走り出す。

強力なモンスターの核を取り込んだお陰か、さっきまでよりかなり体が軽い。これなら予想より早く街に辿り着けそうだ。

◇

「ふっ、ふうっ……っ、はは、来る度にどんどんボロボロになってくな、この街」

数十分後、俺は街の入り口まで辿り着いた。あちこちで爆発音や瓦礫の崩れる音が響いており、各地で起こる凄まじい戦闘を俺に伝えてくる。

……今俺の手元に残っている武器は五千円の出刃包丁が二本と、財布に付いていた金属のチェーン。あとスティルシアが魔改造した例のナイフだ。

ナイフ以外にロクな武装が無いな。焦っていたとはいえもう少し何か無かったのか、さっきの俺。

もし上位モンスターに対して勝機があるとすれば、スティルシアがナイフに刻印した三回分の『時空掘削魔法』だけだ。どういう感じで発動するか分からないから実験しておきたいが、回数に限りがある以上ぶっつけ本番でやるしか――

「っ!?」

――ピカッ、と。遠くで街の一角が昼間みたいに明るくなった。その直後に、ここからでも分かるぐらいの轟音が発生する。……直感で分かる。あそこだ。あそこにスティルシアが居る。

何かと戦っているのだろうか。だとしたらきっと俺では介入すらできない次元の戦いなのだろう。

しかし、行かねばならない。たとえ無様に死んだって、あのまま家に引きこもって後悔しながら生き永らえるよりはずっとマシだ。

「……術式装填」

――アイオライト、ブレーナイト。

二本の包丁に水属性と風属性の葉脈を刻み、ベルトに装着する。咄嗟に発動できるようにするためだ。そして『引き返せ』と警鐘を鳴らす本能を押し返して、街への一歩を踏み出した。

「っ」

足を踏み入れた瞬間、意図せず喉からひゅっと息が漏れる。……空気が、変わった。濃密な血の臭いに淀んでおり、目が染みる。

一体どれだけ人が死ねばこんな有り様になるのか、想像したくもない。横転した車や隆起した地面の陰に隠れながら、俺は街を進んでいく。

……意外と、モンスターの数自体は少ない。いや〝圧縮された〟とでも言うべきか、強力なモンスターばかりだ。きっと、互いに魔核を喰らい合って強力な個体だけが生き残ったのだろう。

流石(さすが)に上位クラスのヤツは見当たらないが……数匹程度でも囲まれてしまえば、俺なんかあっという間に殺されてしまう事だけは分かる。

……幸い、隠れられる場所は多い。見つからないように行くしか無いな。

◇

「ひいっ、ひいっ……！」「逃げなさい！　早く！」「おかあさん、なんで、足が無いの……？」
隠れながら進むこと数十分――やっとの思いで辿り着いた街の中心部は、目を覆いたくなるような惨劇の舞台と化していた。

我が子を守ろうとしたのか、小さな死体に覆い被さるようにして死んでいる胸に丸い風穴が空いた女性の死体。

燃え上がる炎に巻かれ、体から蒸発していく水分を取り戻そうとするように喉をかきむしりながら死んでいく男。

フクロウのようなモンスターに腹を啄(ついば)まれ、ピンク色の腸を露出させた少女。

「……あれは」

その惨劇の中心に立っていたのは、自分の周囲に漆黒の球体を七つ浮遊させたフクロウだった。

その球体の一つ一つが意思を持ったようにビュンビュンと街中を駆け巡り、命を刈り取っていく。

球体の通った後は小石さえ残らず、まるで消しゴムで消された絵画のようだった。

「上位モンスター……」

――次元梟(ジゲンフクロウ)。

脅威ランクはA、あの時空掘削球体(ドミネーション)を常に七つ発動させる化け物だった筈だ。

俺の頬に冷や汗が伝う。……あの黒球は確か何度回避しても追尾してきた。実際に味わったから恐ろしさは分かる。

それが……七つか。本体の戦闘力がどれ程かにもよるが、捕捉された時点で負けと思っていいだろう。

息を止め、しゃがみ歩きで慎重に進む。次元梟は食事に集中しており、俺に気づく気配は無い。

……よし、このまま抜けられれば――

「あ、アンタッ！　助けてくれぇっ！　しにたくねぇんだ！　しにたく、死にだ、ォボッ」

――その時、瓦礫の下敷きになっていた男が俺の足を掴んで大声で泣き叫んだ。が、それによって捕捉されたのか、黒い球体が飛んできて即座に男の頭部を消し飛ばした。

先の無いうなじからダクダク噴き出す鮮血に、俺は唖然とする。

『▮¶♭¶ЖKK.』

死肉を貪っていた次元梟の首がグリンッと回転し、猛禽類特有の大きく鋭い目で俺を見た。

「っあ……？」

見つかった。そう気付いた瞬間、俺の右腕は黒球によって宙を舞っていた。

肩口から噴水みたく噴き出る血液に冷たくなっていく体。それに反比例するように、激痛に熱を帯びる思考。あまりの事態に、攻撃されたと理解するのに数秒かかった。

「ふうぅぅっ……！」

傷口から噴出した血液が空中で結晶化し、腕の形を作る。――俺は〝飽和〟してる。普通なら致命傷になりうるダメージも即座に回復可能だ。

『¶Ж▮юп……』

仕留め損なったのを理解したのか、〝次元梟〟は興味深そうに俺を見る。俺は、再生した手を開閉して完治を確認した後、ベルトから風魔術を刻印した包丁を取り出す。

――術式装填・〝風魔術(ブレーナイト)〟。

包丁を次元梟めがけて投擲する。次元梟は首を回転させてそれを回避した。

背後にあったビルの残骸に着弾した包丁は、大規模な竜巻を発生させた後に砕け散る。コンクリの瓦礫が螺旋状に抉れた。

……イフリートの核を取り込んだ影響か、技の出力がかなり上がっている。前までこんな災害じみた魔術なんて使えなかった。

これならやれるかもしれない。極力回避に徹しながらの遠距離攻撃、もし当てられても即死でなければ再生できる。今から逃げたって後ろからやられる可能性の方が高いんだ。なら挑むしか無いだろう。右手にナイフ、左手には〝水魔術(アイオライト)〟を刻印した包丁を握って腰を低くする。

「……行くぞ」

『юфЖ¶¶¶шЖ！！！』

次元梟が大きく吠えた。それと同時に、七つの黒球が標的を俺に変えて向かってくる。

――さっきより、速い。全て回避するのは不可能だ。機動力である足と運動の要である心臓。あと脳だけ守って残りの部位はあえて当てられるぐらいの気持ちで行くしかない。

「ぐ、っ、ガぁアぁあぁッッッ！」

頭部へ迫ってきた黒球に、俺は全力で左腕を振りかぶった。肉を抉られる激痛と共に、僅かに黒球の軌道がブレる。

肩がまるで工事現場の掘削機にでも巻き込まれたみたいにぶっ飛ぶ。もげた左腕に握られたままだった包丁を残った腕でキャッチし、残り二つの黒球に横腹を抉られながらもそれを次元梟目掛けてぶん投げた。

「遠隔起動……！」

そして包丁がヤツに命中する少し手前で、俺はそう呟いた。さっきの風魔術……〝ブレーナイト〟は、投げた瞬間ではなく物体に着弾した瞬間に発動した。

つまり、俺の意思によってある程度は発動のタイミングが調整できるという事だ。

『¶◆▲ю■■■……』

次元梟は、さっきと同じように首を捻って包丁を回避しようとする――だが、遅い。当てられないなら、当たる前に発動すれば良いのだ。

ナイフの周囲にゴポゴポと水が纏わりだしたのを確認し、俺は口角を吊り上げた。

「〝水魔術(アイオライト)〟！」

『■◆ЖшштффKK♭≫〝ф♭ф〟!?』

――自らの眼前に突如として発生した夥(おびただ)しい量の水に、次元梟は面食らったようにのけ反った。

水は俺の得意属性、威力は風魔術をも遥かに凌駕する。

小規模な津波と言っても過言ではない水量が、水圧カッターもかくやという勢いで発射される。

これで、終わりだ……！

『¶▲¶』

「……へっ」

次元梟は、その大きな目を嘲笑に歪めながら悠々と水流の中を歩いてくる。……効いて、ない？

撃ち出された水のレーザーは確かに次元梟の体を貫いている。しかし血の一滴、羽毛の一本分さえダメージを与えられていない。むしろ、すり抜けているという表現の方がピンとくる。

そう、まるで、文字通り存在する次元が違うかのように。俺の攻撃はヤツの体に何一つ干渉できていないのだ。

「っ……ぅ!?」

唖然としていた不意を突かれ、右腕と左足を黒球に持っていかれた。分析に徹している場合ではなかった。すぐに再生しなければ。

俺は欠損した部位から深紅の結晶を生やしつつ、できる限り不規則に移動する。追いすがる黒球から少しでも逃れるため。

『・¶・』

『楽しかったぜ』とでも言わんばかりに、次元梟は高らかに咆哮した。それと同時に黒球の動作が更に速まる。もはや目で追うのがやっとだ。

「ふざけ、やがって……！」

「^^」

攻撃しようにも両腕をもがれたせいで武器も無い。あるのは、赤く結晶化した治りかけの左腕だけ。

……いや、待て。確か俺の血液は、想像で形を与えてやる事によって武器にも変化させられるとスティルシアが言っていた。

『飽和した者の血液は、魔核と同じ性質を持つ可能性の卵だ』と。

「武器、武器……！」

目を瞑り、瞼の裏で武器を練り上げる。想像するのは、限り無く鋭利な槍。時間も余裕も無い。複雑な武器は作れない。

うっすら瞼を開くと、俺の前腕から先は取り回しの良さそうな一メートル程の槍になっていた。ナイフや包丁なんかよりよっぽど怪物狩りには適していそうだ。

……さっきの〝すり抜け〟は気になるが、もしかすれば魔術だから効かなかったのかもしれない。そんな希望的観測を抱きながら、俺は次元梟へ間合いを詰める。

『ᓚᓚ ¶▲¶』

ダッシュの勢いを付けて突き出した槍は――しかし、先ほどと変わらず次元梟の体をすり抜けてしまい当たらない。

……何が、どうなって。まさか本当に無敵なのか？　半ば絶望する俺の目の前に、二つの黒球が肉薄してくる。っ、マズ――

俺に迫っていた暗黒の球体は、横から飛来した蒼い炎弾によって打ち消された。そこで初めて次元梟が苦悶の声を上げる。一瞬だけ、梟の輪郭が揺らいだ気がした。

「¶▲¶▲‡ш ЖKK!?」

「術式装填・〝サファイア〟」

蒼く染まった大剣を肩に担いだその騎士は、俺の知る声でそう言った。そして、苦痛に顔を歪める次元梟へ視線を移す。

「エリミネーター、さん」

「……久しいな、坊主」

「この世界では……〝プロジェクションマッピング〟、とかいうのだったか」

「え？」

「あの鳥の事だ。あたかも本体に見えるアレは、空間に映し出された単なる虚像……本当の心臓部は、ビュンビュン飛び回っているこの球体の方だ。鳥はただの囮だな」

襲い掛かってきた黒球を大剣で一刀両断しながら、エリミネーターは言う。本体はこの黒球たちの方だって？　道理で当たらないわけだ。むしろ逃げ回っていたんだから。

「さぁ……久々の大物だ。坊主、お前は逃げるなり何処かへ行くなりしろ。邪魔だ」

「は、はい……」

次元梟を抑え込むエリミネーターに一礼して、俺はナイフを拾って走り出した。……危なかった。

エリミネーターが居なかったらここで死んでてもおかしくなかったな。

まさか、モンスターがあんな搦め手を使ってくるとは思わなかった。上位になると知能も上がるのかもしれない。

気を引き締めて行こう。スティルシアの所に辿り着く前に死んだら目も当てられない。

「はぁ、はぁ……う、ぐ、……っ、ふぅ、ぅ……」

エリミネーターと次元梟が交戦している場所から数百メートル。そこまで走ってきて、俺は息を荒くしながら地面に膝を突いた。

「げほっ、けほっ」

……心臓が、痛い。バクンバクンと異常に速く脈打って、今にも破裂してしまいそうだ。咳き込んだ喉の奥から、粘着質な赤い血塊が吐き出される。地面に染み付いた朱色にギョッとする。

ちょっと……無理し過ぎたか。さっき再生したのは吹き飛ばされた腕三本に抉り取られた内臓いくつか……あと足か。

いずれも普通なら致命傷だ。それを無理やり治癒しながら戦ったんだから、それなりに体に負担が掛かっているのかもしれない。

「ふぅ……！」

口端に着いた血を拭い、俺は立ち上がった。

……こんな所で立ち止まっていられない。横にある倒壊した建物の瓦礫から鉄筋を引き抜く。それを、腕を刃物に変形させてスパンッと斜めに切り飛ばした。

そうして二本に分断された鉄筋の切り口が、鋭利な槍のような形状になる。

粗悪かつ即席の武器だが、金属である以上〝術式装填〟は使える。さっきまでの包丁の代わりだ。

俺は錆び付いた二本の槍に魔力を通す。

「術式、げほっ……、装、填」

——水魔術（アイオライト）、風魔術（ブレーナイト）。俺の使える術式装填の中で最も使い勝手の良い二つ。それらを腰のベルトに突き刺して、歩き出した。

……コンディションは良いとは言えない。可能な限り逃げに徹しよう。回復のために魔核を取りに行って、逆にこちらが狩られたら本末転倒だ。

「■■■■■■■!?」

「っ、！」

——その時、早足で歩いていた俺の横を巨大な緑色の物体が高速で横切った。

ソレは、ダンプカーにでも轢かれたかのように何度も地面をバウンドしながら転がり、最終的にぶつかったブロック塀（べい）を粉々に打ち砕いてやっと止まる。

今度は、なんだ……？

「■■■■■■■……！」

流血しながら立ち上がったそいつは、緑色の皮膚を持った凶悪な顔つきの怪物。その正体を確認し、俺は思わず目を疑った。ゴブリン・エースだ。生きていたのか。

筋肉は以前より更に密度が高まり、さながら金属のよう。体表に走った幾つもの血管と傷跡は、この個体の歴戦を俺に伝えてくる。

……明らかに、前見た時より強くなってる。〝昇華〟したのかもしれない。下手しなくても〝次元梟〟以上の威圧感だ。なら、そんなこいつをここまで追い込んだのは――

『……厄介だなぁ、ここまで強いゴブリン種は初めてだ。どうして小鬼如きがボクの現実改変に抗えるんだか』

「■■■■■■■！」

『あぁもぅ……〝しかし、小鬼の行方には越えられぬ壁が立ち塞ぐのだった〟っと』

ゴブリン・エースは、目にも留まらぬ速度で先ほど自分が吹き飛ばされた方向に向かって突進していく――が、何かに阻まれて再び吹き飛ばされた。

地面に叩きつけられ、憎々しげな表情で前方を睨むゴブリン・エースの目線を追う。その先に佇んでいたのは……仮面を着けた、背の低い人型の何かだった。

「あれは……」

ソイツの周囲には無数の本が開いた状態でふよふよと浮いており、手に持った羽ペンでそれに何かを書き込む度に周囲の地形が変化する。

アスファルトが草むらに変わったり、水溜まりがマグマに変わったり。まるでコンピューターシミュレーションゲームみたいな状況が、事実として目の前に起こっていた。

――規定事象改竄者（ミラージュ・カットアッパー）。ランクはＳ－、能力は『現実の改変』……スティルシアが『少し厄介だ』と言っていたモンスターだ。

だが次元臭を『そうでもない』と言っていたぐらいだから、こいつもしっかり化け物なんだろう。嫌になってくる。

『すんすん……あれ、なんかクッサイなぁ……あのバケモノエルフババアにそっくりな臭いがするや』

良く通るボーイソプラノでそう呟いたミラージュ・カットアッパーは、首をもたげて俺の方に振り向いた。

仮面の向こうにあるであろうヤツの瞳と視線が交差した瞬間、冷えた手で心臓を鷲掴みにされたように息が詰まるのを感じる。

――こいつはヤバい。

エリミネーターを初めて見た時と似たような威圧感……一目見ただけで、隔絶した力の差をありありと分からせられる。

ベルトから二本の鉄骨を引き抜き、腰を低くして臨戦態勢をとった。

向こうは俺を見て不思議そうに首をかしげる。

『あれれぇ……、うそ、この魔力で現地人？ 驚いた……こんな世界にも強い人間は居るんだね』

「っ、〝オーロベルディ〟！」

『うおっとと』

土魔術を刻印したナイフを地面に突き刺し、ミラージュ・カットアッパーの足元を隆起させたアスファルトで拘束する。

先手必勝だ。向こうが動く前に可能な限りダメージを与えてやる。俺は両手に二本の鉄骨を握り、槍投げの体勢をとった。

――術式装填・〝アイオライト・ブレーナイト〟。水魔術と風魔術を刻印した鉄骨二本がカットアッパーめがけて投擲される。

その二つは、ヤツに着弾する直前で魔術を発動させた。アイオライトの津波をブレーナイトの竜巻が巻き上げ、無数の水の刃となってカットアッパーに襲いかかる。

……水と風は噛み合わせが良いな。いざと言うときの必殺技として覚えておこう。

激流を纏った巨大な竜巻――〝渦潮(ウズシオ)〟とでも呼ぶべきその魔術は、カットアッパーの体を切り刻もうと――

『…… 〝しかし、その激流は衝突の寸前で霧散した〟』

――カットアッパーが、目の前の本にペンを走らせる。それと同時に〝ウズシオ〟はミスト状になって掻き消された。

……何が起こった？　奴が紙に何かを書き込んだ次の瞬間、魔術が消え去ったように見える。周囲に浮かんでいるあの本に秘密があるのか……？

『危ないなぁ……あとちょっとで溺れ死んでたよ』

苛立ったように頭を掻きながら、カットアッパーはそう呟いた。そして目の前の紙にペンを走らせる。今度は、何を……。

『剣には剣をってね……お返しだ、〝その男は、自らの肺が水に満たされるのを感じ、窒息した〟』

「——ごボ、ぉ……っ!?」

——胸が何かに満たされ、喉の奥から液体が込み上げてくる。

息が、できない。思わず咳き込むと口から大量の水が吐き出された。肺が何かに圧迫されていき、上手く空気を取り込めない。

……肺の中に直接水を送り込まれた？

「ぁ、が、ァぁ、っ」

肺炎など、呼吸器系の病気の症状として良く持ち出される〝陸で溺れる〟というのは正にこんな感覚なのだろう。息を吐く度、空気の代わりに水が吹き出る。

脳に酸素が行かなくなり、頭が痺れたみたいに働いてくれない。

ここまじゃ、しぬ、どうにかして、酸素を取り込まなければ。

「……っ」

咄嗟に腰からナイフを抜き、弱めのブレーナイトを装填する。そして――それを、自らの胸に突き刺した。肺の中で術式が作動、暴風が渦巻き、バゴンッ！　という音と共に勢い良く肺が膨らむ。

「お、ばガ、ァッ!?　は、ア、はぁ、はぁ……！」

肺の急激な膨張によって肋骨がバキバキにへし折れるのが分かる。しかし、呼吸はできるようになった。

折れた肋骨によって突き破られた皮膚の中から、夥しい量の水が流れ出る。

飛び出た肉やら骨やら内臓やらを無理やり体の中へ押し戻しながら、俺はカットアッパーを睨んだ。当のカットアッパーは、赤い結晶によって猛スピードで修復されていく俺の傷を感心しながら見ている。

『そりゃまあ、治るとは思ってたけど……速いな』

「■■■■■■！」

『はぁ……　〝愚かにも絶対者に襲い掛かった小鬼は、先ほど打ち消された激流の渦によって切り刻まれるのだった〟』

吹き飛ばされた状態から復活したゴブリン・エースが、目にも留まらぬ速度でカットアッパーに跳び蹴りを叩き込む――しかし、突如として発生した渦潮によって行く手を阻まれた。

……俺の、技？　他人の魔術のコピーもできるのか？

「■■■■……！」

血みどろになってふっとばされてきたゴブリン・エースが、ギロリと俺を睨んでくる。俺がやったと思っているのだろう。

首を横に振って否定すると、訝しげな顔をしながらも目線をカットアッパーに戻した。

……埒が明かないな。まずは向こうの能力を分析しなければ。

スティルシアが言っていたのは『現実の改変』だが……漠然とし過ぎていて、どう対策すれば良いのか分からない。

恐らくは、周囲に浮かんでいるあの本に書き込んだ内容に合わせた現象を引き起こすのだろうが……なら何故もっと単純に『死ね』とか書かないのか謎だ。そうすれば完封できるのに。

改変できる事象にも、何かしらの制限あるいは限度があるのだろう。

「■■■■……」

俺がそうこう考えていると、ゴブリン・エースが横目でこちらを見てくる。そしてそれからカットアッパーを指差した。……『共闘するぞ』と言っているのか？

足並み揃わずバラバラに攻撃しても簡単に防がれるだろうから、協力するのは願ったり叶ったりだが……ゴブリンにそんな知能があったのか。俺は首を縦に振った。

ポケットの中に手を入れ、家から持ってきた武器……財布のチェーンを取り出した。それに〝風魔術〟を刻印し、ゴブリン・エースに投げ渡す。

「■■■■……？」

「拳に巻き付けて使え。無いよりはマシだろ」

チェーンの全長は五十センチ程度だから普通の武器としては運用できないが、拳に巻いて握れば擬似的なメリケンサックみたいな役割を果たすだろう。

ジェスチャーでそう伝えると、ゴブリン・エースは手にチェーンを巻き付けてグーパーする。何度かそうして気に入ったのか、ゴブリン・エースの口が歪な弧を描いた。

「■■■■！」

『だから無駄だって……〝小鬼の拳は不可視の壁に遮られた〟』

再びカットアッパーに殴りかかるゴブリン・エースだったが、例の如く半透明の壁に阻まれて失敗に終わる。……しかし、拳を一発防いだ時点で防壁は消え去った。きっと、『小鬼の拳を防ぐ』という指定された役目を終えたからだろう。

推測だが本にペンを走らせた直後、つまり能力を使用した後の数秒間だけ、こいつは無防備になる。

「遠隔起動……！」

俺の言葉に呼応して、ゴブリン・エースの拳に装備されていたチェーンの〝風魔術〟が発動する。

自らの拳から発生した竜巻にゴブリン・エースは面食らっているが、それに構わず暴風はカットアッパーへと襲い掛かった。

「死ね……！」

『……おいおい。言葉に出して僕に死ねとか言わないでくれる？　危ないからさ』

自分に迫る災害クラスの竜巻を見上げ、溜め息を吐くカットアッパー。間に合わないと悟ったのか、紙にペンを走らせる様子も無い。

『〝風よ、消えろ〟』

――しかし、暴風はカットアッパーに届くことは無く。ほんの数メートル前で、何事も無かったみたいに消えてしまった。

……能力の発動条件は、本に文字を書き込む事じゃなかったのか？

色々と確かめたいが、下手に魔術を使っても消耗するだけだし近付けば手痛い反撃を食らう可能性が高い。

「せめて、飛び道具でもあれば――……え、はっ？」

――『せめて飛び道具でもあれば』。俺がそう呟いた瞬間、俺の右手の中に突如として一本の投げナイフが出現した。

……どういう事だ。そう思ってカットアッパーの方を確認すると、奴も驚いたような顔で俺を見ている。

『……まさか、気付かれたか……？　少し遊びすぎたな。そろそろカタをつけよう』

カットアッパーは、ゆらりと腕を上げて俺を指差した。何をする気だ……？　攻撃に備え、腰を低くする。

『〝壊れよ、異界の強者〟』

「ぁ、え」

静かに何かを呟いたカットアッパーに反撃しようとして――俺は、自分の目の前にアスファルトの壁を見た。

それと同時に体が地面に叩きつけられる感覚。――地面に押し倒された。咄嗟に状況を理解し、立ち上がろうとする。

しかし、手も足も動いてはくれなかった。

「■■■■■……!?　■■■■■■■!」

「どう、なっ、て」

俺の方を見て叫ぶゴブリン・エース。それに釣られて自分の体に目を移し、言葉を失う。

「がっ、ぼ、ぉ……っ!?」

――胸部から下が、無い。跡形も無く。

真っ赤な胴体の断面から血が噴出し、再生のために結晶化していくが間に合っていない。赤い結晶が腕や胴を形作ろうとしても、風化したみたいにすぐ崩れていく。

「……ぁ」

――死ぬ。血を流しすぎたせいか、視界に燃えた写真フィルムの様な黒い穴が幾つも空いていく。

呼吸さえおぼつかなくなり、意識が遠退いていく。

「いや、だ……！」

『……しぶといな』

僅かに残った肩を動かし、前に進もうとする。霞む視界の端、カットアッパーはもう一度俺に指を差した。

『〝砕けよ。肉ダルマ〟』

「……ぁ、ぐ」

激痛と共に、近くで赤い何かが弾けとんだ。

さっき俺の言葉で手元に武器が出現した現象、そしてそれ以降明らかに余裕を失った素振りのカットアッパー。

「まさ、か……」

――まさか、こいつの能力は。

『自分が言った言葉だけ』ではなく『見聞きした言葉を無差別に』現実へと反映しているのか？

確信に近い仮説だった。だとすれば攻略のしようはいくらでもある。

しかし失血のためか俺の意識は遠退き、口は酸素を求める魚のようにただ開閉するだけで一向に声は出ない。

「■■■■■■■！」

『チィ……クソゴブリンが……！』

俺の様子を見てヤツの能力の秘密に見当をつけたのか、ゴブリン・エースは張り裂けんばかりに歪んだ笑みを顔に張り付けカットアッパーへ突進する。

「く、そ……」

グルグルと転がり、だんだん闇に染まっていく世界に無い手を伸ばししながら。

俺は目を閉じて意識を手放した。

「……っ」

――ピクリ、と。失ったはずの指先が震える感覚。力の入らない体に少しずつ五感が戻ってくるのが分かった。

背中の触覚で自分がアスファルトに横たわっている事を察し。

皮膚の痛覚で自分の体に刻まれた重傷を知り。

舌の味覚で夥しい量の流血を味わい。

耳の聴覚で周囲にモンスターが居ない事を分析し。

「ぁ、あ」

そして最後に――重たい瞼(まぶた)を持ち上げて、瓦礫の山に縁取られた灰色の空を見た。

「はっは、は。なん、で、生き、げほ、げほっ！」

異常に渇いた喉から、しわがれた声が出る。……なんで、生きてんだ俺。胴体吹っ飛ばされて、四肢をちぎり取られて、それでも死んでない。

思わず笑いが込み上げてくる。どうやら俺は、俺が知らない内にヤツらに負けず劣らずの化け物になっていたらしい。

「ふ、ぅ」

崩れかけたビルの外壁に寄りかかり、よろけながら立ち上がる。

割れたガラスの破片に映る俺の姿は、全身が深紅の結晶に包まれた怪物のようになっていた。

……流れた血が服の繊維と癒着・凝固して結晶化している。武器を失ったがこれなら戦えそうだ。

むしろ、〝飽和〟した血液の能力を最大限に活かすならこの状態が一番かもしれない。

「じゅつしき、そうてん」

――〝水魔術(アイオライト)〟。

試しにそう呟きながら右腕に力を込めると、真っ赤な腕に青い葉脈が走った。

……術式装填に金属を使うのは、金属の魔力伝導性が高いからだと前に聞いた。なら多量の魔力が溶けた俺の血液であれば発動できるのでは、と思って試したが……成功だ。

「……行かなきゃ」

先ほどまでスティルシアの戦闘音が聞こえていた方面からは、もう何も聞こえない。俺がどれだけ眠っていたかにもよるが――既に、手遅れになってしまっている可能性もある。

霞(かす)んで見えにくい目を擦りながら、俺は走り出した。

◇

「……ほぼ、更地じゃねぇか」

先ほどまで轟音の聞こえていた方向に走って数分。辿り着いた場所の景色は凄惨なものだった。

右を見ればマンションよりも巨大な氷岩が聳(そび)えているが、左を見れば青い炎が一面を覆っている。

そしてそれらをかき混ぜるみたいに暴風が吹き荒れる。

まるで自然現象同士が意思を持って争っているかのような光景。先日まで無事だったビルやマンションも綺麗に無くなっている。

そして極めつけに――辺り一面に雪の如く降り積もる、サラサラとした灰色の粉末。

……なんだこれ。そう思って手で掬(すく)って見ると、下から錆び付いた銅色の棒が顔を出した。

「鉄骨、か……？」

灰の砂場を手探りで掘り返すと、中から幾つも見慣れた物体が出てきた。ボロボロのスーツ、崩れかけの液晶パソコン、ベコベコのロッカー……まるで、オフィスにある物みたいだ。

不思議に思いながらも立ち上がり、歩き出そうとして――踏み出した足が、パキリと何かを踏み潰した。

そして反射的に足元を見て、そこに落ちていたモノに絶句する。

――人骨(どくろ)。

俺が踏んだ事で割れてしまったであろう後頭部を灰から露出させたそれは、間違いなく人間の頭蓋骨だった。急いで掘り返すと、その周囲から無数の人骨が出てくる。

ほとんど破損は無い。まるで生きたまま一瞬で肉だけを削ぎ落とされたみたいに。

体勢も様々だ。デスクに座ってパソコンを打っていたような格好の人骨や、何かを運んでいるみたいに両腕を前に出した状態の人骨。俺の頬を汗が伝う。

……この、辺り一面の灰。その中に埋もれた奇怪な物体や人骨たち。

まるでSF映画などで見る世紀末の地球みたいだ。異様なまでに風化している。

いやそもそも、これは灰なのか？　粉末状になってはいるが……まさか――

「……あれ、は？」

その時、俺は霞んだ視界の端で気になるものを捉えた。

……人だ。二人いる。赤みがかった茶髪の男と白髪の少女。男は地に膝を突く少女の顎を持ち上げて、ニタニタしながら腰を曲げてその顔を覗き込んでいる。

俺は嫌な胸騒ぎを覚えた。過剰な再生の副作用かピントの合ってくれない目をクシクシ擦り、再度そちらを見て――

「スティル、シア……!?」

――二人組の片割れは、間違いなくスティルシアだった。良く見ればもう片方の男はテレビに映っていたアイツだ。

焦燥に衝き動かされるようにして走る。近づくにつれて、スティルシアが血まみれな事と、男から放たれる規格外の魔力に気がついた。あいつ、スティルシアの仲間じゃなかったのか……!?

状況が良くわからない、わからないが――奴がこの惨状を作り上げ、スティルシアを傷付けたのは確実だ。

ランクSの『爛れ古龍』を一蹴していた時点でそれだけの力があることは分かる。

「術式装塡……！」

「んん……？　周辺の時間軸を五百エギスほどズラしたはずだが、まだ生き残りが居たのか」

走りながら、両腕にこびりついた血結晶に魔力を通す。

水魔術（アイオライト）と風魔術（ブレーナイト）。俺の足音に気づいて振り向いた男は、困惑したような、変な生き物を見るような目で俺を見た。

「〝ウズシオ〟！」

両腕から発生した巨大な水刃の竜巻が、地面の灰を大量に巻き上げながら男へと向かう。

複合魔術……今の俺が捻り出せる最高火力。

——が、こいつは俺などより遥かに格上。ロクに通用しないであろう事はハナから分かっている。

あくまで目的は目眩ましだ。

「んー……？」

超遠距離から爛れ古龍を葬ったあの光柱。あれを撃たれたら俺は確実に死ぬ。

右腕にこびりついた血液を刃に変形させ、巻き上がった灰に隠れるように身を低くして疾走する。

「なんだよコレ……魔術式は稚拙だし出力もゴミだ。先生が傾倒する世界だからと少しは期待したが、所詮は下等世界か」

〝ウズシオ〟は奴の虫を払うような動作によって掻き消された。が、直後に男は顔をしかめる。

消滅させた竜巻の向こう側から、片腕を刃に変形させた俺が走ってきていたからだろう。

「らアアアアアアアアァァッッッ!」

「あっそ。■■■■■(ドミネーション)」

刃が男へ突き刺さる直前で——俺の腕は、男を守るようにして現れた黒球によって呑み込まれた。

「っう!?」

咄嗟に引き抜くが、腕が根本から消滅している。……スティルシアと同じ魔法だ。

俺は激痛に表情を歪めながらバックステップで距離を取る。傷口からメキャメキャと結晶が生えてきて腕を再生した。男はそれを見て僅かに目を細める。

「ふーっ、ふーっ……!」

「おぉ、まあまあ治りが速いねぇ……少し興が乗ってきた。魔力の残りは二割程度だが……まぁいい、遊んでやるよ劣等民族」

男がそう言うと同時、その背後に三つの魔法陣が浮かび上がった。——来るか。

〝ミラージュ・カットアッパー〟と違い、攻撃の動作が分かりやすい分対処はしやすいだろう。意識を集中し、荒れた呼吸を整える。

「さぁ消し飛べ」

魔法陣から打ち出されたのは燃え盛る炎球と眩(まばゆ)い雷、そしてバスケットボール大の石塊(いしくれ)。

パンッ、と空気の弾ける音と共に飛来してくるそれぞれが、人体の急所である頭、胸、腹部を正確に狙っていた。恐ろしく速く鋭い攻撃――だが。

「……おっ？」

迫る炎をアイオライトで相殺し、雷をオーロベルディで作製した土壁で防ぐ。土壁を貫通してきた石の弾丸は、軌道に拳を合わせて打ち砕く。拳も無事ではすまなかったが即座に再生した。

「今のに反応するか。どうやら、君への評価を改めなければならないらしい」

――見える。

イフリート、次元梟、カットアッパー。格上との連戦に次ぐ連戦によって、俺の神経は極限まで研ぎ澄まされていた。

意識しなくても五体が想像した通りに動く、状況に応じた魔術を的確かつ迅速に手足の如く扱える。

幾度と無く潜り抜けた死線の数々から得た膨大な経験則から導き出される最善動作と、その動作を実現できる体。

今までに培った全ての技術と能力が、俺の命をこの場に繋ぎ留めていた。

「……スティルシア」

男の背後で倒れたスティルシアは、意識を失っているのかピクリとも動かない。浅く胸が上下しているから生きているのは分かる。

……スティルシアを担いでこいつから逃げるのが理想だが――どう考えても無理だ。ここまでの広範囲を灰に変える攻撃を持つ相手に生半可な逃走など無意味。

「飽和した血液に頼ったブチカマシしかできないのかと思ったが……君の真価はその応用力と戦闘センスだな。うん、伸び代も悪くない。磨けば〝剣聖〟にさえ迫るだろう」

俺が思考を巡らせていると、パチパチと拍手しながら男が歩み寄ってくる。

警戒して身構えると男は「待て待て、話を聞きたまえ」と右手で俺を制した。

「僕は、この惑星の王になろうと思っている」

「……は？」

予想外の発言に、思わずポカンとする。

「王が僕で、妃は先生……となれば、後は優秀な近衛兵が必要だろう」

ニタニタと笑い、爪を噛んで指先を唾でべちょべちょにしながら。それがあたかも正論であるかのように男は言った。

「何を、言って……」

「はぁ？　分かんないのかい？　これだから劣等民族は……ッチ、まあいいや。部下は馬鹿な方が可愛いものだ」

「君にも分かるように言おう！」と言って、男は空へ腕を掲げた。

それから手を握り締め、天を掴むようなジェスチャーをする。ギラギラ輝く瞳が、曇り空を映して銀色に染まった。

「――この星の生き物みぃんな殺すけど、君と……あと僕の気に入る奴が居たら生かしてやるよ」

上手く言葉が噛み砕けない、言語は分かるのに内容が支離滅裂過ぎて意味不明だ。

いつの間にか目の前まで来ていた男は、俺に手を差し出してくる。

「僕の名は〝大賢者〟！　魔導を極めし者にして元勇者パーティの主砲！　さぁ共にこの星を制そうじゃないか！」

握手を求めているのか、男……いや〝大賢者〟は手を差し出してきた。……俺は、その手を取る。

「……素晴らしいです。貴方様にお声を掛けていただけるなんて俺も光栄です」

「おぉ！　弁(わきま)えてるじゃないか！」

地に膝を突き、可能な限り奴の懐(ふところ)に近付く。

そして、もう片方の手も大賢者の体に触れさせ――

「――〝水魔術(アイオライト)〟」

「ヌぐっ、がぁアあァぁッッッ!?」

触れた素肌に無理やり青い葉脈を通し、腕の半ばまで侵食した所で発動させる。

大賢者の前腕がボコリと膨張し、皮膚を食い破るようにして大量の水が流れ出た。

「ひっ、ひいっ!?　う、わぁぁぁぁっ!?　うでっ、ぼくのうでがぁっ!?　痛いいだぁい！　いだいよぉおっ！　ひぐむぅぅぅゔっ……！」

「ざまあみやがれ……！」

弾け飛んだ腕から噴水のように噴き出る鮮血を見て泣き喚(わめ)く大賢者に、少しだけ溜飲が下がる。

「ひぃっ、はふぃっ!? ぁハッ、はぁ、はぁっ! 殺すッ、殺すゥゥゥゥゥ!!!」

大賢者は残った腕で背中の巨杖を引き抜き、俺へその先端を向ける。そして、それが光ったと思った瞬間——

「あ」

——『少しでも高く上に跳べ』と本能が告げた。それに従い全力で跳躍。

それからコンマ一秒後、俺の足元を光の螺旋が通り過ぎる。灰の海を割り、見渡す限りの地平まで届き、あまりの熱量に周囲が陽炎(かげろう)に歪む。

俺を追尾するようにして空中に向かってきた光線に横腹を消し飛ばされる。

内臓が炭化してサラサラと崩れ落ちた。傷口が焦げて血も流れない。

光速で天空まで到達した光線は雲を割り、その先にあった夜空へと突き抜けていく。

「はぁっ、へハぁッ! クソがぁっ! 外した!」

「っ……! カーネリ——」

「遅いんだよバカがァっ! ■■■■(身体強化)!」

腹の傷のせいでモタつきながら、大賢者に攻撃をしようとする。しかし異常に素早い動作で背後に回り込まれた。

超至近距離で向けられた杖に、俺の脳裏を鮮明な『死』がよぎる。

「バがぁっ!?」

——が、それは大賢者の体を横殴りするように飛来した蒼い炎の球体によって遮られた。

「……やっと、見付けた」

同時に聞こえた恐ろしく冷たい声。蒼火球が飛んできた方向を見て、俺は言葉を失う。

「……感謝するぞ〝大賢者〟。よくぞノコノコとこちらの世界に来てくれた」

そこに立っていたのは、ボロボロの騎士。

煤けた大剣を肩に乗せて、甲冑から覗く鋭い目を赤く光らせ——

「これでやっと、貴様を殺せる」

——憤怒に燃えるエリミネーターが、そこには立っていた。


「エリミネーター、さん……」

灰色の空の下、尻餅をついた俺を挟むようにして大賢者とエリミネーターが睨み合う。

異世界人同士浅からぬ因縁があるのか……エリミネーターの怒りは、街を灰にした事に対してではないようだった。

しかし……震える程に拳を握り締め、思わず悲鳴を上げそうになる殺気を放つエリミネーターとは対照的に、大賢者は困惑した顔で目の前の騎士を見ている。

「オレを、覚えているか。大賢者」

腹の内で煮えたぎる怒りを抑えるので精一杯なのか――その言葉は途切れ途切れかつ、ぎこちなかった。大賢者は「あぁ？」と怪訝そうに眉をひそめる。

「知らねぇよ。お前みたいな雑兵の名前を刻んでいられる程、僕の脳は安くないんだ」

「……そうか」

短く返事をしてから、エリミネーターは手に持った大剣でヒュッと空を切った。

軽く数十キロを超えるであろう鉄塊を木枝の如く振るう膂力に息を呑む。

……でも、きっとエリミネーターでは無理だ。

エリミネーターの戦法は中距離からの〝術式装填〟と、近接しての卓越した剣技。

魔法などをメインで扱う後衛タイプの大賢者相手には一見有利そうに見えるが……違う。先ほどの〝身体強化〟による大賢者の動き。アレは明らかにエリミネーターよりも速かった。

こんな馬鹿げた言動だがこいつは、近距離戦でも遠距離戦でも俺たちより上だ。ハッキリ言って勝ち目が無い。

「エリミネーターさん」

「坊主」

「協力しましょう」と言い掛けて、エリミネーターがそれを遮った。

「手出しは許さん。我が半生……この身も、この技も――今この瞬間のためだけに、練り上げてきたのだ」

「でも……」

「あまり嘗（な）めるなよ」

大賢者を真っ直ぐ見据えたまま、エリミネーターはドスの利いた声で言う。

「もしお前の知るオレを全力だと思っているのなら認識を改めた方が良い。格上殺しは騎士の誉（ほま）れ……オレとて、奥の手の一つや二つ持ち合わせている」

ブツブツと何かを唱えてから、エリミネーターが自分の着ている鎧の胸部に手を当てた。

……何をする気だ？　生半可な魔術では一瞬で掻き消されてしまう。

「――〝術式破綻〟」

そう呟くと同時、銀色の鎧に純白の葉脈が凄まじい速さで走っていく。

術式……破綻？　なんだそれは。しかし大賢者は、それを見て目を見開いている。

「勇者の技……？　なんで、お前が」

純白の葉脈によって、エリミネーターの背に何か翼に似た紋様が描かれていく。

一枚目、二枚目、三枚目。三つの翼が背に浮かび上がった時……エリミネーターは、胸に当てていた手を離して腰を低くした。少し焦った様子の大賢者がエリミネーターへと杖を向ける。

「■■■■■（ルークス）！」

杖から迸（ほとばし）る光の螺旋がエリミネーター目掛けて発射された。しかし回避するどころか動こうともしない。一体なにをしている……？

「――術式破綻・〝エンジェライト〟……！　『三翼』！」

――灰の海に巨大なクレーターを残して、エリミネーターの姿がその場から消えた。

「おぉっ!?」

「この間合いを詰めるのに、一体どれだけの年月を費やしたか……今オレは、オレの全存在を懸けて必ず貴様をこの世から葬り去る」

「速っ……!?　■■■■■（プリズム・バリア）！」

目にも留まらぬ速さで大賢者の一寸先まで移動したエリミネーターが、大剣を上段に振り上げて真っ二つにしようとする。

大賢者はそれを防ごうと、半透明の防壁を展開した――

「邪魔だ！」

しかし防壁は振り下ろされた大剣によって粉々に打ち砕かれ、飛び散った破片が大賢者の頬を切り裂く。その顔を困惑と恐怖に歪めながら、大賢者は大きく後ろに飛び退いた。

「何者だお前!?　鎧を見た限り帝国騎士のようだが、ここまでの手練（てだ）れあそこには――」

「……今までお前が気まぐれに摘（つ）んできた幾千の小さな命。そのいずれかの庇護者だった人間だ」

「術式装填・〝カーネリアン〟」。体をダラリと脱力させたエリミネーターがそう呟くと、鎧の背部にオレンジ色の葉脈が走り、そこから炎の螺旋がジェットブースターの如く発射された。

そしてそれを推進力とし、先ほどよりも更に速く大賢者へ襲い掛かる。

二足や四足歩行では絶対に辿り着けない、生物の領域を遥かに凌駕したスピード——

「調子乗んなァ！　■■■■■（越身体強化）！」

——しかし、大賢者はすんでの所で身をよじってそれを回避する。

そして右足を軸に体を旋回させ、その勢いで杖をスイング。突進を回避されてガラ空きになったエリミネーターの腹に杖が叩き込まれた。

鎧が大きくひしゃげ、エリミネーターは苦悶の声を上げながら地を転がる。

「クッ、クハハハハアッ！　近接なら勝てると思ったかい!?　体術なら自分の方が上かと思ったかい!?　残念だったねぇ！　〝身体強化〟アリなら、僕は龍種だって殴り殺せるんだ！」

「ご、ぼっ……！」

杖に殴られた箇所を押さえて踞る（うずくま）エリミネーターは、どう見ても戦闘不能に見えた。

鎧に走った白の葉脈が消えていき、コヒュッと喉から荒れた息が漏れる。

「……まだ、届かんか」

震える足で立ち上がったエリミネーターは何やら覚悟を決めたような声でそう呟いた。

顔に余裕を取り戻した大賢者は、ニタニタ笑いながら杖を向ける。

「勇者様、アリス、エルド。オレに……勇気を」

「終わりだよバーカ！　僕に歯向かった愚かしさを地獄で悔いろ！　バーカ！」

杖の先端におぞましいまでのエネルギーを溜めた大賢者を見据え——エリミネーターは、自らの首に大剣の刃を当てがった。

「え……？」

「ハァ……」

自分の首に当てた刃を、エリミネーターは思い切り引いた。それと同時に鎧の接合部から噴き出る、凄まじい量の赤い血液。

――自殺？　俺は一瞬だけそう思ったが、すぐに違うと気がつく。

首から出た血液は地に落ちる事無く――赤い結晶となって、空中に留まっていたから。

「〝拡散せよ〟」

ビキビキと肥大化していき、最終的に巨大な樹のようになった血晶。細く枝分かれしたそれぞれが天を衝かんばかりにうねる。

――エリミネーターも『飽和』していたのか。

「スタートアップ・迎撃城バリスヒルド」

その声に呼応するようにして、深紅の結晶が鈍い鉄色に変化した。

鋼鉄の樹木は猛スピードで組み変わり、徐々に何かの建物らしき物体を形作っていく。

「なんだよ、これ……」

数秒と経たずして完成したのは、荘厳な中世の城――雲を掠めんばかりなその規模は、城と言うより山脈に近いが。所々に設置された砲口や弩の数々は、この城が外敵を迎え撃つために設計された事を物語っていた。

全てが鋼（はがね）のみで構成された、山の如き戦闘城塞。

一瞬にしてそれを生み出したのは、内部に居るであろうエリミネーターただ一人。それ故か出入り口はおろか覗き窓の一つも無い。突破するにはそれこそ正面から消し飛ばすしか無いだろう。

大賢者は、それを見てワナワナと体を震わせている。

「あぁっ……!? あァあァあァあァあァあぁあッッッ!? お前っ、〝砦騎士〟か!? モンスター征伐の時は勇者の側についていてただろ!? なんでこっちの世界に追放されてんだよ！ チィ……！ なんで消耗してる時に限ってそんな大物がァッ！」

ヒステリックに叫んだ大賢者の杖の先から、光の螺旋が発射された。

鉄の城壁が光線と衝突し、あっという間にドロドロと融解していく。このままでは数秒で溶け切るだろう。

「だが！ 残念だったなぁ！ 僕の光魔法は二分もあれば小惑星を一つ削り切る高火力だ！ 今は魔力が残り少ないからそうはいかないが……お前程度、それでも十分なんだよ！」

城の上部から這い出てきたエリミネーターが、多量の血を流したせいか気だるそうな声で言った。

「長々と講釈（こうしゃく）ご苦労……確かに防げそうには無いな」

「しかし……オレの本懐を見誤ったな、大賢者。砦騎士……その名に思考を囚われたか」

光線に溶かし切られる寸前で、エリミネーターは大きく跳躍した。

同時に鉄城は赤い霧になって霧散する。光の螺旋はそれをすり抜けた。

「ちょこまかと……！」

「この世界は本当に素晴らしくてな。市民図書館だったか。オレのような余所者でもタダで知識を得られる。だから、こんな代物も作れるようになった」

散った筈の赤霧が、空中のエリミネーターへ指向性を持って向かっていく。

その霧が変形し、エリミネーターを中心にして何かを構成する――

「戦闘機……？」

――先ほどの城とは打って変わって小型のソレは、鉄色の戦闘機に見えた。

ジェット装置らしき機構が付いており、そこから炎が吹き出ている。

「F106――〝デルタダート〟。冷戦時における米軍の最強兵器だ。詳細な構造を理解・推測するのには苦労したが……最高速度はマッハ1．9。コイツは飛竜より遥かに速いぞ」

空に向けて放たれる光の螺旋を細かな旋回で回避しながら、戦闘機は飛行する。

大賢者は目でも追えない鉛色の神速に向けて攻撃を放つが当然命中せず、次第にその表情を焦燥に歪めていく。

ぬちゃ、べた、ずざ。

その時、俺の背後から何か湿った物が引きずられるような音が聞こえてきた。

咄嗟に音の方向へ振り向いて――絶句する。

に体。

片目は潰れ腹は抉れ、足に至っては片方ちぎれかけている。満身創痍という表現さえ生温(なまぬる)い、死

——そこに立っていたのは、右手に何かを持ったゴブリン・エースだった。

『クッソ！　クソクソクソ！　ふざけんなアッ！　なんであんな力技で……!?』

「■■■■……」

「■■■■■■■」

ゴブリン・エースは俺を見るなり顔を凶悪な笑みに歪め、『戦利品だ』とでも言わんばかりに手に持った何かを突き出してきた。

「っ……!?」

それは、俺が先ほど敗北したモンスター。

腰から下が千切れて上半身しか無く、顔に装着していた仮面は粉々に砕けている。

「嘘、だろ……!?」

——ゴブリン・エースの手に持たれていたのは、ミラージュ・カットアッパーの死体だった。

現実改変の怪物にして、Sランクモンスター。

てっきり殺されたと思っていたのに、この化け物に勝ったのか……!?

『はあ、はあ……！　くそが、〝ここにいる全員、死——〟ガっ!?』

「■■■■■■■！」

ゴブリン・エースが『黙れ』とでも叫んだのか、カットアッパーの発声が途中で遮断された。

……やはり『見聞きした言葉を無差別に現実へ反映する』能力だったか。ゴブリン・エースはこの性質を上手いこと利用してこいつを倒したのだろう。どんな言語でも、それに何かしら意味が籠められていれば対応してしまうらしい。

それからゴブリン・エースはカットアッパーの胸にズボッと貫き手を滑り込ませ、そこから深紅の魔核を引き抜いて自らの口に放り込んだ。

すると、ゴブリン・エースの肉体に変化が起こる。

額から鋭い角が生え、筋繊維が爆ぜんばかりに波打ち、骨格が急激に成長していく。

その過程で傷も塞がり、ゴブリン・エースはその口角をより一層深く歪めた。

そして周囲を見渡し……この場で一番の強者が誰か勘で理解したのか、大賢者へと突進していく。

「あがぁあっ!?」

エリミネーターを撃ち落とす事に集中していた大賢者はゴブリン・エースの接近に気付かず、打ち込まれた正拳をモロに食らった。ゴム鞠みたいに吹き飛び、灰の海を跳ねながら転がる。

「なにが、どうなっ……でェッ!?」

「■■■■■!」

混乱しながらもヨロヨロ立ち上がり、体勢を立て直そうとした大賢者を追撃するようにゴブリン・エースの飛び膝蹴りが突き刺さる。

それによって内臓が破裂したのか、口から多量の血を吐き出して大賢者は倒れた。

「勝っ、た……？」

あまりの出来事に唖然として呟く俺とは対照的に、空気を震わせて勝利の咆哮を上げるゴブリン・エース。ピクリとも動かない大賢者を見ながら、俺は妙な胸騒ぎを感じていた。

「……死んだのか？」

高速で空を飛び回っていたエリミネーターだったが、大賢者の異変に気がついたのか戦闘機を着陸させてこちらに近付いてきた。

ゴブリン・エースが今度はエリミネーターに襲い掛かろうとしたので羽交い締めにして止める。

「はい……多分」

「多分では駄目だ。確実に始末する」

エリミネーターは大剣に赤い葉脈を流し、カーネリアンを装填する。

そして、大賢者に向けて紅蓮の螺旋を発射――

「……ひどいよ」

――が、地に伏せたまま蝿(はえ)でも払うように振られた大賢者の手によって、炎は掻き消された。

「っ……！　離れていろ！　こいつはまだ死んでいない！」

エリミネーターが叫び、一気に間合いを詰める。

「本当に、酷すぎる……」

自分へと振り下ろされた大剣を、大賢者は横に転がって回避した。そして、灰に突き刺さった剣をそのまま横に薙ごうとするエリミネーターへ指先を向ける。

「ぐっ!?」

それだけでエリミネーターは何か強い力で弾かれたように吹き飛び、見えなくなる。

こいつ、まだ動けるのか……!?

「君たちはなんて酷い奴らなんだ」

膝を震わせながら立ち上がり、俺たちを非難するような声で大賢者は言った。

「僕は、好きな人と大きな庭の付いた家で安らかに暮らすために行動しているだけなのに……いつもそうだ。人の心が無いクズどもは、容易く僕の心と体を傷つける」

「■■■■■■!」

ぶつぶつ怨嗟の言葉を呟く大賢者にはお構い無しに、ゴブリン・エースが接近して正拳を叩き込もうとする。しかし大賢者は僅かに上体を反らして拳を回避し、その手首を摑んだ。

「■■■!?」

「もう魔力も一割以下しか無い。弱っている人を寄ってたかって痛め付けるなんて恥ずかしくないのかな……」

摑んだ手首を起点にゴブリン・エースを背負い込み、大賢者は勢い良く地面に叩き付けた。背骨がへし折れるような嫌な音が響く。

地面に倒れ伏すゴブリン・エースを見下げる大賢者は、遠くから聞こえてくる飛行音に気が付いて目線をズラした。そこには、エリミネーターの駆る戦闘機が音速で飛来してきている。

「爆殺しろ！　スーパーファルコン！」

戦闘機下部に装備された小型のミサイルが、エリミネーターの掛け声と共に大賢者目掛けて発射された。

「なんだこれ、変わった砲弾だが遅いな……簡単に叩き落とせぇっ!?　がぁぁあぁぁぁぁっ!?」

杖をスイングしてミサイルを叩き落とした大賢者だったが、その衝撃によってミサイル弾が大爆発を起こして吹き飛ばされた。

足元の灰が舞い上がり、大賢者の姿を覆い隠す。

「まずっ……！」

大規模な爆発の余波を受け、俺は数メートル地面を転がって止まる。

爆心地に居た大賢者は、スティルシアに覆い被さるようにして倒れ込んでいた。

「は、ぁっ、せん、せぇ、無事、ですか……」

魔力を喪った状態でミサイルの直撃を受けた大賢者の傷は相当なものだった。

右目が潰れ、横腹が抉れ、顔面の皮膚が半分無くなっている。背中には爆発したミサイルの破片が無数に突き刺さり、さながら針ネズミのようになっている。

折れたあばらが突き刺さって穴が空いた肺に必死に酸素を取り込もうと、こひゅーこひゅーという音を立てて空気を吸い込んでいた。

「今度こそ決着だ。遠距離からの掃射で確実に息を止める」

エリミネーターは懐から取り出したナイフで指を斬り、出てきた血液を手首のスナップで空中に飛ばした。すると血液は宙でみるみる鉄色に肥大化していき、一丁のマシンガンを具現化させる。

「……あぁ、先生。お許しください」

自分に照準を合わせる銃口を見て、大賢者はスティルシアに覆い被さったまま何かを呟いた。

そして、べっとり血に濡れた指先をスティルシアの頬に這わせ――

「眼球を一つ、拝借いたします」

「つ、ぅ、ぁあぁあ……っ!?」

――ぶちゅり、と。

茎からトマトでも摘むみたいに、人差し指でスティルシアの右目を抉り取った。そしてそれを、ぐりぐりと自分の潰れた目の方に押し込む。無表情で、まるでコンタクトでも入れ替えるみたいに。

「っ……!?　スティルシアぁぁぁぁぁぁあっっっ！」

「動くな坊主！　掃射に巻き込まれたいのか！」

エリミネーターが引き金を引き、大賢者へと鉛弾の嵐が向かっていく。スティルシアの眼球が、奴の瞼の中でグリングリンと駆動する。

抜き取った眼球を嵌め込んだだけなのに、〝目〟として機能している……!?

「……見える、見えるぞ……！　これが精霊王の視界か！」

大賢者は足元にあったミサイルの破片を拾い上げて、前方に投げつける。

それには、深紅の葉脈が走っていた。

「〝術式装填〟だっけ？　威力はお話にならないが、燃費は抜群に良いな。流石は弱者の技術だ」

「なっ……!?」

――破片から発生した爆炎が、弾丸を融解させて消し飛ばした。

なんで……エリミネーターの技だぞ。こいつも使えたのか……？

いや、そんな事よりスティルシアだ。右目をくり抜かれなんかしたら、出血多量で死んでしまう。

「スティルシア！」

「あ、ぁ、ぅ、あ……？」

呻きながら自分の右目の辺りを押さえていたスティルシアだが、俺の叫び声にビクッと肩を跳ねさせてこちらを向いた。

「なん、で……」

残った左目で俺を認識した途端、悲しいような憎らしいような、あるいは呆れたような表情に顔を歪めた。

「なんで、来ちゃったのさぁ……！」

泣きそうな声で言ったスティルシアを見たまま、俺は視界の端で大賢者を捉えた。傷口に

〝炎魔術(カーネリアン)〟を流し、その熱で止血しながらゆらゆらと立ち上がっている。

……本当にしぶといな。しかもここまで重傷を負わせて尚も油断できる相手ではない。

どうにか隙を見つけてスティルシアを安全な場所に連れて行けないものか。

「さっさとくたばれ、大賢者！」

「ハッ……死ぬのは君だよアリアスくん？」

「っ、なぜ、オレの名を──!?」

「この目で『読んだ』のさ。君たちの記憶も経験も技術も、何もかもねぇ……」

「■■■！」

砕けた背骨の再生を終えたのか、ゴブリン・エースが跳ね起きて大賢者に拳を振り下ろした。

大賢者は、スティルシアの目でゴブリン・エースを一瞥(いちべつ)すると醜く口角を吊り上げる。

「良い技だ。それに頭の良いゴブリンだな。〝ブジュツカ〟との戦いで学んだのか？　ならば僕も君のを真似するとしよう」

素早い足払いでゴブリン・エースの体勢を崩し、大賢者は拳を構える。

「秘拳、〝流星〟」

弩の如く引き絞られた大賢者の腕が、残像も残らない超スピードで拳骨を振り下ろしてゴブリン・エースの頭蓋を打ち砕いた。

……俺と初めて出会った時にゴブリン・エースがした攻撃と同じ動きだ。それに、俺たちの記憶や経験を〝読んだ〟だって？

「まさか……」

……スティルシアの持つ、目を見た相手の記憶を読み取る能力。

もしかしてあれはスティルシア自身ではなくその〝眼球〟に宿っていたのか？

だとしたら――まずい。

「術式破綻・〝エンジェライト〟！　……っ、『四翼』！」

「なるほどなるほど、血中の鉄分に魔力を通す事で引き起こされる異常な身体活性。それが〝術式破綻〟か。流石の僕も思い付かなかった。負担は大きいが、その方法なら少ない魔力でも凄まじい身体能力を得られる」

エリミネーターの鎧に四枚の白い翼が浮かび上がり、さっきまでとは比べ物にならない速度で大賢者に斬りかかる。大賢者は、それを薄目で睨んだ。

「――僕も使うとしよう。〝エンジェライト〟『十翼』」

「なっ……!?」

大賢者の全身に、ドス黒い翼の紋様が走る。

眼前まで迫ったエリミネーターを大賢者が軽く小突くと、それだけで吹っ飛ばされた。

……〝術式破綻〟。浮かび上がる翼の枚数に応じて身体強化が強まるのは察せるが、あれは一体なんだ。エリミネーターの軽く倍はあるぞ。

「……おや、使用者の適性次第で翼の色が変わるんだね。なかなか粋じゃないか。〝デモンズライト〟とでも名付けようかな」

「貴様の穢れた身で……！　その技を使うなぁぁっっっ！　エンジェライト『八翼』！」

エリミネーターの鎧の表面に浮かび上がる白い翼の数が、一気に増える。

凄まじい速度で突き出された大剣を、大賢者は指先で摘まんで受け止める。ピシッ、と摘まれた部分の刃が指を中心にひび割れた。

「なんと、いう……！」

「終わりだ」

「が、ぁっ……!?」

顔面に大賢者の拳を叩き込まれ、エリミネーターは膝から地面に崩れ落ちた。

あっという間に戦闘不能にされたエリミネーターとゴブリン・エースを足蹴にしてから、大賢者はゆっくりと俺の方へ振り向いた。

「さぁ、ここからはボーナスタイムって所かなぁ？　とりあえず君の記憶も読んで――……あぁ？なんだこの記憶、なんでお前と先生が……」

大賢者の右眼がグリグリと動き、俺の姿を捉えた。

そしてニタニタしながら俺の目を見詰めていたが、少しずつ表情が曇っていく。

そして曇った表情は段々と怒りに移ろいで行き、カッと目を見開いた。

「──お前が、先生の『あの子』か」

「ぐっ……!?」

そう呟いたと同時、大賢者の姿がその場から消え──気が付けば、俺は奴の手に首を締め上げられていた。万力のような五指が、ミリミリと俺の首を締め上げる。

──速いとか見えないとか、そういう次元ではない。脳の『認識』そのものが追い付かない。人間の意識の伝達に掛かる時間はおよそ０．５秒……しかし、恐らくこいつはそれよりも遥かに速いのだ。こんなの勝てるわけが無い。

「お前っ、お前ッ!?　お前ェェェ！　ふざけるなよ！　なんで先生とこんなにっ……！　裸まで……！　それになんでお前の記憶の中の先生はこんなに笑ってるんだ!?　僕の精霊王はこんな綺麗に笑わない！　先生に何をしたアッ！」

「あっ、ぐが、ぁ……っ!?」

「答えろぉぉぉぉぉぉぉぉ！」

大賢者は、俺の首根っこを摑んだまま凄まじい力で前後に揺さぶる。

喉が潰れて上手く呼吸ができない。それどころか風圧で首がもげそうな勢いだ。

「チィッ！　あァ分かった！　白状する気が無いならお前は簡単には殺してやらない！　鼓膜を破って脳に家畜の糞尿を流し込みながら四肢を切断した後に自分の腸で首を締め上げさせてころぉす！」

妄言を吐き散らした後、意識を失う寸前で大賢者は俺を地面に叩き付けた。

なんとか立ち上がろうとするが、脳がシェイクされ過ぎて平衡感覚が機能していない。

「■■■■■■■！」

「あぁぁあしつこいクソゴブリンが！　いい加減死ねよ！　生き恥晒して恥ずかしくないのか!?」

大賢者は横から向かってきたゴブリン・エースの飛び膝蹴りを捌き、手刀で腹を貫く。

——その拍子に、奴の懐から何か丸い物体が落ちるのが見えた。

「……あれは」

それは、見ているだけで全身がゾワゾワする程の力を発する深紅の宝玉。

その迫力はまるで、巨龍の咆哮を真っ向から浴びているような感覚に陥ってしまう程。

……〝爛れ古龍〟の魔核だ。こちらの世界に来た瞬間に大賢者が殺したモンスター。

だが、その脅威ランク指定はS。あのミラージュ・カットアッパーの一つ上だ。

——あれを取り込めれば、あるいは。腹を貫かれたまま大賢者に連打を打ち込むゴブリン・エースを横目で見ながら『もう少しだけ持ちこたえてくれ』と祈る。

匍匐前進で魔核の落ちている方に向かう。距離は二メートルも無い、無いのだが、大賢者によって繰り返し頭蓋の内壁に打ち付けられた脳ではそれさえ至難だった。

十センチ、五十センチ、百五十センチ……少しずつ這いずって、やっとの思いで腕を伸ばせば手に取れる距離までたどり着いた。そして、震える腕を持ち上げ——

「――オイ何やってんだお前」

――伸ばした手が、大賢者の靴底に踏みつけられた。

指がひしゃげる感覚。これではマトモに動かせない。

大賢者は、グリグリと磨り潰すように俺の手を踏みつけ続ける。

「オイィィ……人のモン、何盗もうとしてん――ぁ？」

『ぽすっ』と。その時、場違いなまでに緩い音が大賢者の方から聞こえた。

不思議に思い、目線だけ上に向けてそちらを見る。

「逃げ、なさい……きみ、だけ、は……」

――そこに立っていたのは、虚ろな目で血だらけの拳を大賢者にぶつけるスティルシアだった。

出血が酷くてもうほとんど体に力が入らないのだろう。繰り返し大賢者に打ち込まれる拳には全く威力は無い。

ここまで必死に歩いてきたのか、スティルシアが通ったであろう灰の地面には長く赤い血のカーペットが敷かれていた。

自分の腹にぶつけられた拳とスティルシアを交互に見ながら、大賢者はひたすら困惑した表情をしている。

「せんせぇ……！　なんで、なんでなんですか!?　なんで僕に攻撃するんですか!?　貴女は騙されているのです！　貴女が非難すべきなのは、ここに横たわるこの男なのです！」

「くっ、くくく、なんでって……？　馬鹿だな、きみは……そんなの、君が嫌いでこの子が大好きだからに決まってるじゃんか……特別な理由なんて何もない。女心って、意外と単純なんだぜ？」

「ホアアアアアアアアアアアアアッッッッ!?」

ワナワナ震える大賢者が、「うそだ、うそだ」とうわ言のように呟きながら後ずさる。

……魔核から足がどけられた。チャンスだ。俺はへし折れた右手に魔力を集中させて治癒してから魔核を摑み取った。よし、これで――

「ぅ、ぅぅうぅうぅうぅうぅうぅうぅうぅぅぅうぅうぅうぅぅぅう、うぅうぅうぅうぅうぅうぅうぅうぅうぅうぅうぅうぅうぅうぅうぅうぅうぅうぅうぅ、うぅ、うぅう」

――大賢者が、壊れたロボットのように唸りながら頭を抱え、その場で回転する。

その異様さに思わず呆然としていると、急にピタッと止まって顔を上げた。

「……いらない」

機械のように、無機質な声。

「ぼくを認めてくれない先生なんて、ニセモノだ」

震える杖の先端を、スティルシアに向けた。

「……さあ、撃ちなよビーム。君も道連れにするけど」

「っ……うぅうぅうぅうぅうぅうぅ！」

俺は急いで爛れ古龍の魔核を呑み込む。喉を通り、食道を通過し――胃に着地した瞬間、そこにもう一つ心臓ができたかのような感覚が全身を支配した。

「ぐ、がぁあぁあぁあぁあぁっ!?」

全身の傷口という傷口から、龍の首や腕のような形状の結晶が無数に這い出る。

それらは、俺を食い殺そうと自我を持って動いているように見えた。

――俺が、呑み込まれる。

強すぎる力の代償、圧倒的格上の魔核を取り込もうとした事の愚かしさ。

体内で蠢く魔核から『貴様などに喰われて堪るか』という意志がひしひしと伝わってくる。

前方を見ると、既に大賢者の魔法はスティルシア目掛けて発動する寸前だった。

――このままでは、間に合わない。

「爛れ古龍……！　俺の言う事を聞けぇぇぇ！」

『‡‡‡‡‡‡‡‡‡‡！』

背部の傷から目の前に伸びてきた龍頭が、俺を喰らわんと大口を開ける。

「ガアァアァアァアァァッッ！」

――その龍頭に、全力の頭突きを食らわせた。怯んだ様子を見せた隙に、何度も何度も。

十回目辺りで龍頭が砕け散り、俺の全身から生えていた龍の腕も蠢きを止めた。

制御を、奪った……！　体が風になったみたいに軽い。ぼやけていた視界が過剰なまでに明るく鮮明になる。——爛れ古龍を、呑み込んだ。

自分の生物としての〝格〟が、一足飛びに上がったみたいな感覚。

全身の龍腕に神経が通り、俺の意思で動かせるようになったのを感じた。

「スティルシア……！」

「なっ……!?」

大賢者とスティルシアの間に割って入り、スティルシアをその場から突き飛ばす。

驚きに染まった表情の大賢者。しかし杖からは光の螺旋が迸り——俺へと撃ち出された。

回避は間に合わない。全身の傷から生えた龍腕を大盾のようにして前方に構える。

「消し飛べェェエエ！」

感じたのは、〝熱〟。

その熱を痛みへと昇華する痛覚さえも一瞬で焼き切る、おぞましいまでの〝熱〟。

それから、俺の世界は光に包まれた。

「やっ、ば——」

——まるで、巨大な白熱灯の中にでも放り込まれてしまったみたいだ。

俺の世界は凄まじい光と熱に支配され、全身の細胞がグツグツと沸騰するような感覚を覚える。

前方に展開した龍腕の壁は既に所々が焼き切られ、崩壊するのは時間の問題。

ガードを挟んで尚この出力なのだから、直接食らえば俺なんて一瞬でこの足元の灰と同じになるだろう。

『小惑星を一つ削り切る威力』。大賢者はこの魔法をそう形容していた。その言葉が決して嘘っぽちなどではなかった事を実感する。

「死ね」

「あ、ぁぁ、そんな……」

光の向こうから聞こえる大賢者の怨嗟の叫びと、スティルシアの絶望した声。メキャメキャと龍腕のガードが熔け、流れ込んでくる光量が更に増した。

万事、休すか。あまりの眩しさに目を細めながら、心の中でそう呟いた。

……水のアイオライト、炎のカーネリアン、土のオーロベルディ……いずれも無理だ。俺にこのレーザーを防ぐに値する手札は存在しない。俺の術式装填では不可能——

「……待て」

額に手を当て、記憶を掘り起こす。

……ある。一つだけ、この状況を切り抜けられるかもしれない切り札が。

エリミネーターに習ったっきり、一度も使用していなかった『術式装填・〝ラピスラズリ〟』。

紫色の煙を噴出し相手の目眩ましをするサポート特化の技。

……『煙は光を拡散する特性を持つ』

授業で余った時間に、科学の先生が余興代わりに教えてくれた事がある。

元は赤外線の特異性を説明する話だったが確かにそう言っていた。『通常の光ではいくら光量があっても煙を通過できないのだ』と。

この光魔法とやらに多量の赤外線が含まれていたら、それこそ一巻の終わりだが。

「やってみる、価値はあるな……」

術式装填・〝ラピスラズリ〟。自分の体に付着した血液に、紫色の葉脈を通す。

「っ、なんだ!?」

俺の全身から吹き出た紫煙が辺り一帯を覆う。初めての使用だからか他に比べて練度は低いが十分だ。前方を見ると光は煙の壁を突破できず四方八方に散っている。防御成功だ。思わず頬を冷や汗が伝う。この閃きが無ければ俺は間違いなく死んでいた。

「チィィィイッッッ！」

煙の層を突き破って大賢者が接近してきた。——恐ろしく速い。だが、見える。爛れ古龍の核を取り込んだからだろうか。あらゆる身体機能に凄まじいブーストが掛かっている。

「死ねェエエエ！」

唸りを上げながら向かってくる大賢者の右ストレートを紙一重で回避した——と、思ったら避けた方向にハイキックが飛んできて胴体を撃ち抜かれた。

なんとか顔を上げると大賢者の右目、つまりスティルシアの眼球が、爛々と光を放ちながら俺を睨んでいる。

「クソ、クソクソ……ッ！　なんだこの苦痛で醜悪な記憶は!?　先生はこんな普通の少女みたいなことを言わないとんだ解釈違いだ……！　あぁあぁ見たくないみたくないみたくない早く僕色に塗り変えなければ早くはやくはやく……」

「思考を、読まれてるのか……！」

大賢者は、俺の思考を覗く事で次の行動を予測している。間違いない。

こちらだけ手札を公開しながら一対一でババ抜きをしているようなものだ。攻撃も回避も完璧に読まれてしまっている。肉弾戦で勝てる相手じゃない。俺は、後ろに飛び退いて距離を取ろうとする。

「下がったな阿呆が、お見通しなんだよ！　術式装填・〝ウズシオ〟！」

――そんな俺を追撃するようにして、大賢者の手から発生した水の質量を持ったハリケーンが向かってくる。

技をコピーされたのか。だが俺のものより遥かに規模が大きい。無限の水刃を内包した規格外の竜巻は、地面の灰を巻き上げ更に破壊力を増しながら俺へ直進する。

「術式装填……！　〝アイオライト〟！　〝カーネリアン〟！　〝オーロベルディ〟！」

竜巻目掛けてがむしゃらに魔術を放つが、まるで通用していない。風と水の奔流に吸い込まれては消えていく。相殺は不可能だ。……なら。

「……出てこい。爛れ古龍」

俺の呼び声に応じるようにして、全身に刻まれた傷口から無数の黒い龍腕が這い出てくる。

俺はしゃがみこみながら、自分を中心にそれらをドーム状に編み合わせて簡易的なシェルターを作製した。

『建物に避難し、身を低くして過ぎ去るのを待つ』。嵐をやり過ごすにはそれが一番だ。

それに……あの、思考を読み取る能力の発動条件は『目を合わせること』だ。こうして体ごとを覆い隠せば行動は読まれなくなる。しかし俺からも向こうを確認できないため結局その場凌ぎにしかなりはしないが。

僅かな光も差し込まぬ龍鱗のシェルター。それを何重にも展開し、俺は目を閉じて耳を澄ます。

外から聞こえるのは吹き荒ぶ風音と、それにガリガリと削られる龍鱗の音。

長くは保たないだろうが……さっきの光のレーザーに比べれば遥かにマシな威力だ。

それにこの魔術は撃ち出した後は制御不能だし、持続時間もそこまで長くない。自分の技だから分かる。あの規模から考えて……恐らくは、二分程度。

それだけ耐え切れれば、きっと反撃のチャンスがある筈だ。

「チィッ！　使えない、所詮は三下の魔術か！　魔力の無駄だった……！　散れ、ウズシオ！」

外から聞こえていた風切り音が、大賢者の声と共に聞こえなくなった。

……妙に決着を焦ってるな。このままやっていれば、ジリ貧になるのは俺の方なのに。

俺は龍腕のシェルターを解除し、大賢者の動向を確認しようとする。

しかし先ほどまで奴が立っていた場所には既に誰もおらず――背後からおぞましいまでの殺気を感じた。

「っ！」体を旋回させながら放った裏拳が、大賢者の顔面を横殴りにした。気付かなかった……！

いつ背後に回り込まれたんだ。

「ぐっ……！　なんて奴だ！　罪無き人に暴力を振るってまで生き残りたいのか!?　君はなんて卑しい人間なんだ！　そんな奴に先生が心を許すワケが無い！　やはり何かしたんだな!?　だから僕

の事を嫌いなんて言ったんだ……！　このゴミ野郎がぁぁぁぁぁぁ！」

反応されるとは思わなかったのか、怒りに顔を歪めた大賢者が大声で捲し立ててくる。

俺の攻撃は殆ど効いた様子が無く、大賢者は腰だめに構えた拳を爆発的な速度で発射する。

「オラァァァッ！」

「っ、がぁぁあぁぁぁっ！」

——大賢者の拳と俺の拳が真正面からカチ合う。

金属同士がぶつかり合ったみたいな鈍い音。インパクトの衝撃で空気がビリビリ震える。

黒い翼の紋様が走った腕の膂力は凄まじく、拳から伝わった衝撃だけで俺の右腕は使い物にならなくなった。だが向こうも無事では済まなかったのか、拳からダラダラと流血している。

「先生は僕のだァァァッ！」

へし折れた腕にギプス代わりの龍腕を纏わせ、再度大賢者の拳をガードする。受け止めた腕に激痛は走るが、戦闘に支障は出ない範疇だ。防御に、成功した。

……今の攻撃、俺の思考を読んで防御の裏をかいてきていない？

冷静さを失っているのだろうか、スティルシアの眼を使えば俺の動きなんて簡単に読めるはずなのにそれをしていない。ただ力任せに暴れているだけだ。モンスターと変わらない。

それでも十分な脅威ではあるが……もしそうだとすれば、負け戦ではなくなった。

こうなったら徹底的に煽ってやる。こいつを怒らせて理性を奪い、『思考を読む』という事を選択肢から削ぎ落とすのが俺にとって唯一の勝ち筋だ。覚悟を決め、大きく息を吸い込んでから叫ぶ。

「スティルシアはぁ！　お前のこと！　だいっっっ嫌いだけどなぁぁぁぁ!?」

「黙れ、だまれだまれっ！」

「黙りませぇぇぇぇん！　スティルシアとはもうヤる事もヤったしぃ!?　今度は結婚式も挙げますからぁ!?」

「アガァァァァアッッッッ!?」

俺の言葉で大賢者は白目を剝き、唾を垂らしながら攻撃してくる。怒りによって拳の勢いは更に速く、しかし先ほどまでより単調になる。

スティルシアが『なに言ってるのさ君……』みたいな目で見てくるが気にしない。何故なら俺も自分が何を言っているのか良くわからないから。だが、確実に勝利ににじり寄っている確信があった。

——当たったら即死。それがどうした。いつもそうだった。

モンスターはいつだって俺より強かった。それでも生き残ってきたんだ。

そして精彩を欠いた今のこいつはモンスターに等しい。ならば俺に勝てない道理は無い。

「術式装塡……！　〝カーネリアァアン〟！」

「ぐがぁァァアっっっ!?」

回避の挙動に乗せて、指先に付着した血液を大賢者へと飛ばす——それに紅蓮の葉脈を通しながら。

　奴の頬に付いたソレから爆炎が発生し、顔面を焼き焦がす。

　頭部が炎上して酸素が無くなったのか、大賢者は喉を掻きむしりながら叫ぶ。

「アアアアアアアアアアづい!?」

　――千載一遇のチャンス。俺は、自分に火が燃え移るのも構わず大賢者の首を全力で締め上げる。

　余った龍腕を口から直接気道に滑り込ませ、俺の持てるありとあらゆる手段で大賢者の呼吸を阻害する。

「ン、ヌゥウゥウゥウ!?」

「はっ、ははは！　どうだ、苦しいだろ!?　窒息しろよ！　ほら！」

　焼け爛れて水分を失った大賢者の瞳が、ギロリと俺を睨み付けた。ガシッと俺の首を摑み、人外の握力で握り潰してくる。――炎の中で互いに首を絞め合う格好になった。

　まるでサスペンスの最終局面だ。そんな場違いかつ馬鹿げた自分の思考についロ端が吊り上がる。

「我慢比べだ……！」

「し、ねェ……！」

　俺の喉笛が押し潰され、炎も相まって完全に酸素が遮断される。だがそれは向こうも同じだ。薄らぐ意識を必死に繋ぎ止め指先に力を込め続ける。

　大賢者の顔から一切の余裕が消え失せ、俺を振りほどこうと抵抗してきた。

「……ぉ？」

――しかし、俺に馬乗りになられて首を締め上げられた状態。大賢者は何を思ったのか星空を一瞥だけして、ニィィィィッと唇を歪めた。

「……ぉ、ぉぉ……ッ!? クッ、ハハハハァッ！ ツイてる、本当にツイている！ アレもこちらの世界に来ていたのか！ つくづく運が良い！ 天が、味方している……！」

「意味不明なこと言ってんじゃねぇ……！ お前は終わりなんだ！ 今日、今！ 俺たちに敗北して！」

表情に余裕を取り戻した大賢者は、俺の首を絞めるのをやめてゆっくりと空を指差した。

この局面まで来て、不可解な行動。それに言い表しようの無い焦燥が募った。

……だが、関係ない。こいつの言葉に惑わされるな。この手を緩めなければ決着はつく。簡単な話だ――

「――来い！ 戦闘衛星（バトルサテライト）ォォッッッ！！！」

「は、ぁ……っ!?」

――刹那、夜空に流星が煌（きら）めいた。

直角に曲がったり、かと思えば急停止したり、奇妙な挙動で空に軌跡を残しながらこちらへ迫ってくる。

そして、数秒足らずで俺たちの数百メートル先までやって来て――そこでやっと、それが星などではない事に気が付いた。

「――機械？」

「驚いたかい……？　僕がデザインした決戦兵器だ。この星の公転軌道に乗ってくれていて本当に助かったよぉ……！」

――それは、巨大な鉄の塊だった。

十メートルを超える巨体は鉄同士が擦れ合う不快な金切り音を発し、ガチャガチャ絶え間なく変形を繰り返しながらこちらへ飛行してくる。

一目で分かった――上位モンスターだ。それも、恐らくはミラージュ・カットアッパー以上の戦闘力を持つ、〝Sランク〟の領域にある怪物。確か、図鑑でチラリと見かけた気がする。

――【戦闘衛星(バトルサテライト)、脅威ランクS】

ロボットアニメに出てくる巨大兵器のようなそれは、レンズが付いた頭部の先端に赤い光の粒子を集めてこちらへ何かを打ち出そうとしているように見える。

「バトル、サテライト……！　五王連合の殺戮(さつりく)兵器がなぜこちらの世界に……!?　チィッ！」

エリミネーターが瀕死の体を引きずってバトルサテライトへ突進していく――頭部のカメラアイらしき物がぐりんと回転し、エリミネーターの姿を捉えた。

『《ʃʃʃʃʃʃʃʃ》』

「フゥゥ……！　術式装填・〝アイオライト〟！」

――戦闘衛星の発射した真っ赤なレーザーと、エリミネーターの打ち出す〝水魔術(アイオライト)〟が真っ向からぶつかり、せめぎ合う。

だが、その均衡は徐々に崩れ――数秒後、押し負けたエリミネーターは半身を消し飛ばされて地面に倒れた。

「エリミネーターさん……！」

「ハハハ！　いいぞぉバトルサテライト！　次はこいつをブチ殺せ！」

「お前、なんかが……ぜってぇ許さねぇ……！」

『《ʃʃʃʃʃʃ》』

「ぐ、がァっ……!?」

――ドスリ、と。

再び大賢者の首に力を込めようとした俺の腹を、背後から何かが貫いた。

背中から腹にかけてブチ抜かれた傷口には、機械特有の冷たさを感じさせる銀色の槍が貫通している。

視界の端で何とかそいつの姿を捉えた。そこにあったのは、十本以上ある脚部をドリルに変形させたバトルサテライトの姿だった。血に染まった鋭利な螺旋の槍が、回転しながら俺の肉を抉っている。

無機質なカメラアイと、目が合った。

「――ぁ」

『《ʃʃʃʃʃʃʃʃʃʃʃʃʃʃʃʃʃʃʃʃʃʃʃʃ》』

そこからは一瞬だった。

ずぶり、ずちゅん、どすり、ばつり、どすりどすりどすり――そんな擬音が聞こえてきそうな程のスピードで、バトルサテライトが十を超える鋭利な脚部によって俺の体を滅多刺しにする。まるで箸で焼き魚でもバラすみたいに血肉が俺の体から削ぎ落とされていく。

肉を削がれる――再生。胸を貫かれる――再生。四肢を切り落とされる――再生。再生再生再生――痛い、痛い痛いいいたい――熱い。だが、この手だけは、緩めるわけには……。

「……ぁ、れ？」

「ふぅ……七十二回も体を刻まれてやっと再生限界を迎えたか。やだねー、往生際が悪いのは。精神力だけは認めるけど」

――こいつの首を締め上げている筈の両腕は、一体どこに行ってしまったのだろうか。体を地面に固定する足は？　霞む視界に広がるのは一面の灰色で。気付けばもう俺には手も足も無く、それが再生する事も無かった。

呼吸が苦しい。体に力が入らず身動きを取れない。ただ破裂しそうに脈打つ心臓だけが唯一、俺の生を主張していた。

「やれ、バトルサテライト。その芋虫を殺せ」

ずしんずしん。鉛色の怪物が、俺にとどめを刺そうと歩いてくる。無機質な鉄の死神が、鎌のように変形した腕を俺の首の上で振り上げた。

さながら断頭台(ギロチン)だ。それは躊躇(ちゅうちょ)なく俺へと振り下ろされる——

『《……∬∬∬∬∬∬∬∬∬？》』

しかしどれだけ経っても、刃が俺の首を切断する事はなかった。

不思議に思い少しだけ目を動かすと、バトルサテライトの振り下ろす刃は小さな半透明の壁にギリギリと防がれている。この壁は……。

「はぁ、はぁ……っ！」

「スティルシア……」

鮮血の溢れる右目の場所を押さえながら、スティルシアが足を震わせて立ち上がっていた。

……スティルシアが、魔法を使ったのか。

「先生……魔力の切れた状態で運動するのはお体に障ります。横になってお待ちください」

眉根を寄せながら、大賢者がスティルシアに言う。スティルシアは目線だけ俺の方に向けて、優しげににこりと微笑(ほほえ)んだ。

「……君が、私に心をくれたね。もう本当の自分が何者だったかさえ忘れてしまった私に、精霊王ではなく一人の人間として接してくれたね」

生気の無い瞳でバトルサテライトを睨み付けながら、そっと自分の胸に手を当てる。

大賢者がバトルサテライトに「先生を抑え込んでおけ。こいつには僕が手を下す」と指示した。バトルサテライトは俺から離れてスティルシアの方へと向かう。

「空っぽの私には愛なんて分からないけれど……今、私の胸の中は心地良い温もりでいっぱいなんだ。これはきっと、私一人では一生掛かっても抱けなかった感情で……このお返しは、それこそ私の残りの人生全てを君に捧げたって到底叶わないだろう」

「スティルシア……？」

「だからせめてこの命は。君と、君の生きる世界を守るために使うと決めた」

スティルシアとバトルサテライトを中心に、真っ白な魔法陣が展開した。バトルサテライトはそこから離れようとするが、魔法陣の範囲内ギリギリの所で見えない壁に阻まれる。その魔法陣を見て大賢者は絶句した様子だった。

いったい、何をしようとしている……？

「たとえ君が私のことを嫌いになっても、たとえ私が君の名前を思い出せなくなっても、たとえ私が全てを忘れても……たとえ、私が死んでしまっても。ずっと君を愛している。ずっとずっと、君だけを愛している」

魔法陣の放つ光が増し、もはや満足に目を開けていられないまでになる。……どういう、ことだ。

俺は唖然としたまま、その魔法陣を見つめる。

「馬鹿な、もう魔力は殆ど底を突いている筈だ……！　あの規模の範囲内殲滅魔法なんて行使できる筈は……いや、自己防御に使う魔力を全て攻撃力に回している……!? そんなのただの自殺行為だ！ 先生、やめてください先生!! やめろ!! おい！ 先生！！！」

「……自殺？ おい、スティルシア？」

スティルシアは目を閉じ、静かに呪文のような言葉を呟く。

……大賢者のあの反応。それに――自殺だって？ 血の巡らない重たい脳みそを回転させ、思考する。

まさか、あれは――ぞわりと全身の皮膚が粟立つ感覚。視界が点滅し、息が詰まる。

「……さようなら、愛しい人よ」

「クソが……！ クソ、クソがッッッ！」

大賢者が必死の形相で魔法陣の方へ走って行き、魔法陣目掛けて思い切り杖を叩きつけた。しかし、見えない壁に弾かれて杖は弾き飛ばされる。

――が、その瞬間。ほんの数十センチだけ魔法陣の大きさが拡大し、大賢者が範囲内に取り込まれた。

大賢者は困惑したように「……へ？」と呆けた声を漏らす。

「信じていたよ。私が自爆する素振りを見せれば、君は必ず止めに接近してくる。あと少しでも余力があれば抵抗（レジスト）も可能だったろうが……彼らが思った以上に削っていってくれたようだ」

「せん、せぇ……！」

「君には私と一緒に地獄へ落ちてもらう」

「待て、スティルシア――」

高まる魔力に空気が震える。気温に変化は無い筈なのに肌が刺すようにピリつく。

待て、待ってくれ。

俺の叫びは虚しく爆発の轟音に掻き消され――鼓膜が破けたのか音が消えた世界。スティルシアの唇が、何度か開閉するのだけが見えた。

「――最終殲滅魔導、■■■(ルイン)」

――魔法陣が、閃光と共に大きく爆ぜた。

魔法陣の範囲内を、爆風と共にバトルサテライトの体を構成していた鉄色のパーツがバラバラに吹き飛ぶ。飛び散る血液も見えた。鉄と赤と舞い上がる地面の灰がミキサーのようにかき混ぜられる。

本来なら俺まで吹き飛ばしている筈の衝撃は、展開された防壁に阻止されてこちらに届かない。まるで動物園のガラス張りみたいに、俺は爆風に蹂躙(じゅうりん)されるスティルシアの体を見て呆然とするしか無かった。

「……すてぃる、しあ?」

ばちゃり、と。透明な防壁の内壁(ないへき)にいくつも彼岸花のような赤い血飛沫(ちしぶき)が咲いた。

「スティルシア」

知らずのうちに、口からそう名前が溢れた。返事は無い。

鳩尾の少し下辺りが燃えるように熱い。怒りでも嘆きでもない——あるいはその二つが入り混じった感情が俺の胸中を支配する。

熱した鉄球でも呑み下したみたいに胸が苦しかった。何が起こったのか、現実を理解できない。

「ぐ、ぅ……っ」

力の入らない体をよじり、少しずつ前に進む。スティルシアの張った防壁が薄れていくのが確認できた。

再生しない四肢がもどかしい。せめて、足だけでもあれば。

数秒後、爆風が収まってきて——灰のカーテンの向こうに立つ、一つの人影が見えた。

俺はそれを見て、希望の滲んだ声で叫ぼうとする。

「……スティルシア!?　いま、今っ！　助け……！」

「ぐふ、ゥ……ぁあ、痛い、痛いなぁ……」

——叫びかけて、思わず言葉が詰まった。

そこに立っていたのはスティルシアではなく、全身血まみれの大賢者だったから。体には防具のように金属が巻きついている。咄嗟にバトルサテライトを盾にしたのだろう。

しかし顔面の半分が黒く焼け焦げ筋繊維が露出し、片腕は肘から先が炭化してもげている。ぐちゃぐちゃになった両足を庇うように、へし折れた杖に体重を掛けてなんとか立っている状態。

不格好な人体模型のような有り様――だが、生きている。大賢者は、瞼のない目でギロリと俺を睨み付けた。

「フーッ……フーッ……！　あァ……ふざけるなよ……お前は、どこまで僕と先生の純愛を邪魔すれば気が済むんだ!?　人の幸せの邪魔をして、一体なにが面白いんだ!?」

「………」

スティルシアは、大賢者の後ろで全身から血を流して倒れている。あの小さな体の一体どこにまだあんな量の血液が入っていた、そう思ってしまう程の凄まじい流血。

スティルシアは倒れたまま、もう指先一つ動かない。

――その姿は、かつて病室で見た祖母の亡骸（なきがら）と重なって。

「っ……！」

死なせて堪（たま）るか。絶対に死なせて堪るものか。

まだ間に合う。今度はきっとまだ間に合う……止血、しなければ。俺はなけなしの魔力を振り絞り、地面に染みた自分の血液に止血用の〝炎魔術（カーネリアン）〟を通してスティルシアの方へ伸ばそうとする。

多少やけどさせてしまうだろうが、まずは傷口を焼き塞いで命を繋がなければ。

しかしそれは、スティルシアの前に立ちふさがる大賢者によって妨害され失敗する。

「先生に近付くなアアアアアッッッ！！！　この人殺し！　お前が先生を殺したんだ！　僕はお前を許さない！　なんだ!?　先生の次は僕を殺すつもりか!?　悪党めが！　お前の思い通りにさせ

てたまるモノか……！　正義の名の下に、裁きを下してやる！」

「邪魔、するな……！」

ぱぎり、ぱぎり。地面でガラス質に結晶化した俺の血液を踏みしめながら、折れた両足と杖を使ったぎこちない三足歩行で大賢者が駆けてくる。そこに先ほどまでの怪物的な速度はない。

スティルシアの魔法でかなりダメージを受けているようだ。仮にこのまま放っておいても数分後には死体になっていそうだ。

だが——俺は四肢をもがれ、エリミネーターは半身を消し飛ばされ、ゴブリン・エースは生死不明。この場で最も軽傷なのは大賢者だ。

それにスティルシアには時間が無い。さっさとこいつをブチのめして止血しなければ、間に合わなくなってしまう。

魔核さえ取り込めれば。ほんの少しで良い、あと少しだけこいつと渡り合えるだけの力さえあれば。

「……あ」

「死ねェ……！」

倒れこんだ俺の頭上でスイカ割りみたいに杖を振り上げる大賢者の、その足元——そこにあるのは、灰と絡み合いながら結晶化した俺の血液。

いつの時か、スティルシアが俺の血液は魔核に近い性質を持っていると言っていた事を思い出す。

これを取り込めば、多少は動けるようになるだろうか。

俺は地面に向かって口を開き、できるだけ多く口内に灰を含んだ。鉄の味が混じった粉末を飲み込む。腹の奥に、少しだけ熱が灯るのを感じた――やれる。

大賢者の杖が俺の頭をカチ割る寸前、胴の傷口から発生した黒い龍腕がそれを防いだ。

「なっ⁉」

「爛れ古龍……！」

龍腕の薙ぎ払いによって体をくの字に折り曲げながら大賢者が吹っ飛ぶ。その隙に俺は口に血灰を詰め込んで手足を再生し、立ち上がる。魔力不足のためか半ば筋繊維が剝き出しになっている上に、所々黒い鱗が浮き出た不完全な再生。

体が硬い。全身油の足りない機械のようだ。動く度にギギギと関節が軋むのが分かる。

「ご、ぷっ……スティルシア……！」

喉の奥から込み上げてきた朱色を吐き出し、大切な人の名を呼ぶ。

限界を超えて駆動する筋繊維が悲鳴をあげる。足から細い糸が切れるような音がずっと聞こえてくる。奥歯が砕けそうなぐらい、全力で歯を食い縛る。

――まだ戦える。そう自分に言い聞かせて、今にも崩れそうな肉体を一歩前に押し出した。

数メートル先でよろよろと立ち上がる大賢者を睨み付けながら拳を構える。

「この、死に損ないが……本当にしぶといな、お前は」

「お前にだけは言われたくねぇ……」

俺は走って大賢者との間合いを詰める——つもりが、足に力が入らずカクンと膝が折れた。自分の体重も満足に支えられないぐらい俺の体は疲弊していた。

そんな俺を嘲笑うように大賢者は杖を振り上げる——が、その指先から力が失われ、ポトリと取り落とす。小刻みに痙攣する自分の手を見て、大賢者は舌打ちした。

「……ハァ。互いに無手、か。随分と素朴な最終ラウンドだ……まさか、君程度に死を覚悟して立ち向かわなければならなくなるとは。……魔力も尽きた、もう先生の目は使えないか」

笑う両膝に手をつき、俺は何とか立ち上がった。大賢者は拳をボクシングみたくコンパクトに構え、突進してくる。

「っ……」

迫る右拳を紙一重で回避し、俺は殆ど倒れこむように全体重をかけて大賢者の顔面に拳を叩き付けた。

乾いた音が響き渡る。大賢者は大きくのけ反ってバランスを崩す。しかし倒れない。

殴る、蹴られる、蹴る、殴られる、殴る。

端から見ればきっと無様な打撃の応酬だっただろう。死にかけ同士がロクに回避もできず必死に弱々しい拳や蹴りをぶつけ合うのは、最早戦いと言うより戯れに近かった。

次の攻撃で互いが倒れるのをひたすら祈りながら、全身全霊をかけて立ち続ける。

「――っ？　ぁ……？」

――それは一体、何発目の打撃だっただろうか。

ふと、頭の中でバチンと大切な何かが切れたような気がした。

その瞬間急激な眠気が襲ってくる。意識が遠退き、赤く染まった視界が横に倒れた。

――ああ、だめだ、これは。

本能的にそう悟る。殆ど見えない視界の先で、大賢者が驚いたように顔を歪めるのが分かった。

何かを叫ぶ大賢者をぼんやりと視界に映しながら、俺の意識は途絶え――

「まだだ……諦めるな！　術式刻印・〝エンジェライト〟……！　立ち上がれ、坊主！」

――肩に何かが突き刺さる感覚。その瞬間俺の全身に真っ白な翼の紋様が走った。

体が軽くなる。声の方向を向くと消し飛ばされた半身を僅かに再生したエリミネーターが、地面に倒れたまま何かを投げるような体勢で叫んでいた。

肩を確認する。そこには、俺の体と同じく白い翼のような葉脈が走った小振りのナイフが刺さっている――術式破綻・〝エンジェライト〟、エリミネーターの身体強化技だ。他人に対しても使えたのか。

全身に力が漲る。血液不足で萎びていた筋肉が別の動力で膨張するのが分かった。

「が、ォあアアアアァアッッッッ！！！」

倒れた状態から全身のバネを使って起き上がり、大賢者の首根っこを掴んで地面に叩き付けた。

それに追い討ちをかけるように俺は倒れ込み、呆気に取られている大賢者の顔面に砕けた拳をぶつける。殴る度に神経を抉られるような激痛が走る。しかしそれも無視して一心不乱に拳を振るい続ける。

拳が使いものにならなくなれば肘で、肘が使いものにならなくなれば今度は頭突きで――そうしてふと、もう大賢者が抵抗してこない事に気が付いた。

「……ぁ、う……せん、せぇ……ぼくは、なにを……？　……あぁ、そうか」

目の焦点が合わずただ虚空を眺め、ぼそぼそと何かを呟いている。もう殆ど意識が飛んでいるようで、その瞳に先ほどまでの殺意と凶暴性は宿っていない。

「あなたに、ぼくはただしあわせになってほしくて……こんな事をしたかったわけじゃ……魔王、め……ひとのこころを、一体どこまでもてあそべば……ああ、君が、ぼくを、止めてくれたのか」

一瞬だけ、大賢者の視線が俺を捉えた。……魔王？　一体何のことだ。

また起き上がるのかと身構えたが、大賢者はうっすら笑みを浮かべて何度か口を開閉させる。

――『ありがとう』。そう動いたように見えた。

◇

それを境に大賢者の目は閉じ、ピクリとも動かなくなる。

「……勝っ、た？」

信じられず、そう呟く。この怪物に勝ったのか。俺は。

殺した、俺が、人を殺した。その実感に思わず力が抜けて、へなへなと膝から地面に崩れ落ちた。

「っ、スティルシア！」

——が、すぐにハッとしてスティルシアに駆け寄る。

倒れたスティルシアは、抉り取られた右目の場所から血を流しながら笑っていた。

よかった、生きてる……！

「……凄いや。本当に勝っちゃった」

「スティルシア、早く血を……！」

「……いーや、だいじょーぶだよ。……ほら、見て」

指先に止血するための〝炎魔術〟を通しながら言った俺を諭(さと)すように、スティルシアは腕で隠していた腹部を見せてくる。

「——もう、助からない」

「っ……！」

——腕で隠れていたスティルシアの腹部は、三分の二程が服の上からでも確認できるほどに大きく裂けていた。横になっているから何とか繋がっているが、腹の上半分と下半分が皮一枚でくっついているような状態。

ピンク色の臓腑か筋肉か脂肪かもつかぬ物が重力に負けて傷口からこぼれ、血が止めどなく溢れている。

「そん、な」

「はーっ……肝臓全損、大腸半壊、腎臓全損……って所かな。痛くて寒くてどうにかなりそうだよ。下手に人外なせいで即死もできない」

「すぐ、魔核、取ってくるから」

「魔法を使える者の魔力は、モンスターの魔力と根本的に性質が異なるんだ……私が魔核なんて取り込めば体内で魔力同士が喧嘩して、治るどころか悪化してしまうよ」

クックツと笑いながら、スティルシアが自嘲げに言った。が、すぐに俺の顔を見てすっと真顔になる。

「……なんで、泣くのさ」

スティルシアの顔に落ちた液体を見て、俺は自分が涙を流している事に気が付く。

そんな俺をスティルシアは不思議そうに見詰める。

「私は今日、君に酷いことをたくさん言っただろう……？　だから、私のことなんて嫌いになって良いんだよ。悲しまなくて良いんだよ」

何か強い感情を押し殺した時のような、震えた声でスティルシアは言った。

「それに……ねぇ、君はさ、人の魂って、どこに宿ると思う？」

ふと、といった感じでスティルシアが言う。

「人の、たましい……？」

「そう。魂の在処（ありか）だよ……私はね、それは記憶だと思ってるんだ」

スティルシアは細々とした声で続ける。

「記憶がある限りその人はその人でいられるし、それを無くしたら別人になってしまう。その記憶を毎日失っている私には、きっと魂なんて無いんだと思う。……君の事だってこんなに大好きなのに、一緒に過ごした日々に実感が無いんだ。ただの脱け殻なんだよ」

「当たり前だ。私が持っているのは〝記憶〟ではなく君から読み取った〝記録〟なんだから」

スティルシアはそう呟いてから、けほけほと咳き込んだ。

「だから……そんな奴のために君が悲しむ事なんて無いんだよ？　……君はさ、いい人を見つけて、その人と一緒にふつーに生きて、死んで……しあわせに、なってほしいんだ」

にこっ、と花のように微笑んでからスティルシアが言う。

「おれ、は……」

「さあ笑って。私を安心させて死なせてよ。ほら、スマイルだってば……お願いだ」

――俺は。

「俺は……お前が居てくれないと、幸せになんかなれない……！」

その言葉にスティルシアは目を見開き、何度か薄い唇を開閉させてからきゅっと閉じる。

それから、憎らしそうに俺を睨んだ。

「なんてこと、言うのさ……あぁ、だめだ。泣かないって決めてたのに、君のせいだぞ」

スティルシアの笑みが崩れ、目から大粒の涙がぼろぼろとこぼれ落ちる。

「なんだか……頭がぼんやりしてきたよ。血が出すぎちゃったのか、嬉しすぎて呆(ほう)けてるのか……自分でも、分かんないや。……ずっと一緒に、居たかったなぁ」

スティルシアは弱々しい両手で俺の頭を抱き締め、自分の方に引き寄せた。

「……あははぁ。だめだ……目が無いせいで、君の心が見えないや。最期に綺麗な記憶見(もの)ておきたかったのに。……じゃあ、代わりに」

ちゅっ、と。俺の唇に柔らかなものが触れた。

濃密な血の匂いとうっすら甘い香りの混じったソレは、俺に奇妙な感覚を残して離れる。

「えっ、へへへ……ちゅー、しちゃった」

血に濡れた顔でにまにまと嬉しそうに笑って、スティルシアは空を見上げた。

目が細まり、呼吸による胸の上下が浅くなっていく。

「……おい――」

「――ああ、了解だ。脅威ランクSS〝白夜〟を駆逐する」

――その時、背後から見知らぬ男の声と足音が聞こえてきた。

咄嗟に振り向くと、こちらに歩いて来ていたのは二十代半ば程の白髪に金髪交じりで左目に眼帯を着けた、深海のような青眼の男。宝石の如くギラギラと煌めく瞳からはどこか人外めいた異質さを感じた。

漆黒の巨槍を灰の地面に引きずり、一本線の跡を作りながらそいつは向かってくる。

「……誰だ」

「初めましてだな、熾天狩り」

妙に掠れた声の眼帯男は、友好的とも敵対的とも取れない声色で俺に言った。

……こいつ、やはり駆逐官か。『白夜』とか言ってたな。大賢者を倒しに来たのか？

「悪いけど、怪物はもう倒したぞ」

「あぁ。途中からだが見ていたよ。お前は素晴らしい。〝過去最高〟かもしれないな——だが、怪物はまだ残ってるじゃないか」

不可解な発言をした男。俺は一瞬だけ首を傾げたが、すぐに恐ろしい事に気が付く。

——男の視線が、地に伏せるスティルシアへと注がれている事を。

「おい待て。それ以上近づいたら殺す」

「あぁそうだな。できるものならぜひ殺してもらおうか」

——男は巨槍を肩に担ぎ、スティルシアに一歩近づいた。

「術式装填・〝アイオライト〟！」

魔力を絞り出す。警告通り、俺は血に濡れた掌に青い葉脈を通し、眼帯の男へ向ける。

そしてそこから発射された水の奔流が男を吹き飛ばす――

「――術式装填・〝マーキュリー〟」

「なっ……」

「悪いな……これは所謂『負けイベント』というヤツだ」

――男の持つ槍の先端から、星と見紛うまでに巨大な水の球体が現れた。

悠然と中天に浮かぶそれは俺の水魔術を容易く取り込み、更にその大きさを増す。

「何者だ、お前……!?」

「いずれ分かるさ。きっとな。それじゃあ今はさよならだ」

『水星』が、俺へと堕ちてくる。規模が大き過ぎて回避しようなんて馬鹿馬鹿しく思える。俺は唖然としたまま、水の星に押し潰された。

……薄れゆく意識の中、俺が最後に見たのは。

「……スティルシア、■■■■■■」

「君、は……」

スティルシアの胸に槍を突き立てる、男の姿だった。

昔話をしよう。

ずっと、何かに恋い焦がれていた。

漠然と、しかしそれでいて燦然と。磨りガラスごしに見える大火のように燃え盛るこの感情の正体を私は知らなかった。そして、それは今も変わらない。

……だけれど。君と過ごした短い日々はそれこそ夢のようで。

そういう事がどうでも良くなってしまうぐらい、楽しかったよ。

Extra

精霊王と彼女のすべて

「……どこだ、ここは」

目の前に広がる辺り一面の田園(でんえん)風景に、精霊王は困惑していた。

照りつける日差しに目を細めながら、いやにひんやりする足元に目を向けると、どうやら自分が泥水に足を突っ込んでいるらしい事が分かった。

彼女の最後の記憶は、敵の策略によって〝異界流し〟の術式へと誘い込まれ、そこから脱出しようとしたところまで。

今日はまだ眠っていないから『リセット』はされていない筈だ。記憶に間違いは無い。

「ふむ……」

――つまり、ここは異世界という事か。

精霊王は顎に手を添えながらそう結論付けた。軽く周りを見渡すが、人は居ない。

「ああ……これは、まずいのか」

彼女――精霊王は、一度眠ると新しい記憶が殆(ほとん)ど消え去ってしまう。

それをカバーするのが、眼球に宿った『他者の記憶を読み取る能力』。

自分をよく知る人間にそれを使用する事によって、彼女は〝精霊王〟という人物を理解し、模倣してこられた。自分の行動を保管しておく外部サーバのようなものだ。

……しかし、今は周りに人が居ない。

それの意味するところは、このまま新しい人間……『記憶サーバ』を見つけられなければ、彼女は自分がなぜ異世界に居るのかさえ忘れてしまうということ。

いや、そもそも明日以降の自分は、ここが異世界だという事にすら気が付けないかもしれない。

なぜ自分が見知らぬ土地に居るのかも分からず、そのまま野垂れ死ぬ可能性もある。

「……私の世界はどうなったんだろうか」

『精霊王』である自分を始めとした各種族の頂点たちと、『勇者』による戦争。

彼女が異界に飛ばされた時点でこちらの軍勢は殆ど勇者一人によって壊滅させられていた。

そこで自分も消えてしまえば、敗北は確定してしまうだろう。

……だが、そういった事を気にするよりまずは人を見つけなければ。

とりあえず民家でも探すか——と、彼女が歩き出そうとした時。

「■■■■■■■、■■■■■■!?」

「……?」

その時、彼女は背後から何者かの声を聞いた。

何を言っているかは分からないが、とりあえず振り向いてみる。

「■■■■、■■■■■■……?」

そこに立っていたのは、少し無気力そうな顔をした黒髪の少年。

この世界の先住民だろうか。体は細く、武器を持っている様子も無い。少々目付きは悪いがどこにでも居そうな普通の少年だった。

……僥倖だ。精霊王は心の中でそう呟いた。

この少年を記憶サーバに仕立て上げられれば、ひとまず目先の不安は消える。

困惑した様子の少年の目を覗き込みながら、精霊王は口端を歪めた。

名前、思想、言語、経験。この少年に関するあらゆる情報が目から流れ込んでくる。

「あ、あ、あー……ボクは……いや違うな、おれ……あぁ、雌の一人称はワタシなのか」

一瞬にして読み取った言語のすり合わせを行いながら、精霊王は少年に歩み寄る。

警戒させぬよう、できるだけにこやかに、可能な限り無害そうに。まるでそこらの村娘のような普遍さを意識して、精霊王は少年に話し掛ける。

「君の母語はこれで合っているかな。景色を見た限り高度な農耕民族のようだが……あれ、私の言葉通じてるかい？」

「え、ちょっ……」

「通じてるようだね。体の造形も近い……似たような進化を辿ったのだろうか。ちょっと失礼……」

精霊王はスキンシップと異界人の身体構造の把握を兼ねて少年の体を触ろうとしたが、少年は驚きながら転んで泥にダイブしてしまった。

どうやら女が積極的に男に触れる事が是とされていない文化圏らしい。

転んだ少年に手を差し伸べながら、『次は気を付けよう』と精霊王は心に誓った。貴重な現地人の好感度を下げるのは合理的ではない。

「私が何なのか——という質問には答えよう。私はスティルシア。ここは別の世界から来た者だ」

よし、と精霊王は内心ガッツポーズをした。

これで自分が異世界から来たということは彼に〝記録〟できた。あとはどうにかして、この少年の家に住まわせてもらう事が必要だ。

記憶と思考を読んだ事で自分の容姿がこの世界では——少なくともこの少年の基準では〝美少女〟に属する事は分かった。最悪、色仕掛けでもなんでもして懐柔できるかもしれない。そういった事は不馴れだがやるしかない。

泥から道路に上がって溜め息を吐っく少年の背中をじぃっと見ながら、精霊王はそう思案した。

◇

「……それ、私も食べて良いの？」

「当たり前だろ」

場面変わって少年の家。なんとか住まわせてもらう事を取り付けた精霊王は、少年が机に置いた皿を見詰めていた。

皿に乗っているのは、芳ばしい香りを放つ丸い肉の塊。少年はハンバーグと言っていた、この世界固有の料理だ。記憶を読んだとはいえ、一度に全てを把握するのは不可能。分からない事もある。脳がオーバーヒートしてしまうし色々とこんがらがってしまう。

「……美味しい」

はむ、とハンバーグを口の中に運び、精霊王は目を見開いた。――感じたのは、温もりとでも呼ぶべき感覚。種族の頂点という地位である以上、それなりに舌は肥えている自信があったが……彼女は驚いていた。

この料理に金銭が発生するわけでもなければ、少年は自分が〝精霊王〟である事すら知らない。なのにも拘わらず、ここまで手間の掛かった料理を出してくれた。変な薬が入っている様子もない。その事実に困惑と驚愕を抱きながら、彼女は静かにミンチ肉を食べ続ける。

「覚えてる食べ物の中で一番美味しかったよ！」

食べ切った後、せめてもの礼儀として精霊王は少年にそう言った。自分の世界で見た『普通の少女』の笑顔を意識して、にぱっと笑いながら。

「そりゃ良かった」と言いながら皿を下げる少年を見ながら、精霊王は溜め息を吐いた。

……こちらの世界も、意外と悪くないかもしれない。精霊王は少しだけ目を細めながら、元の世界に帰るまではこの世界で普通の少女みたく過ごすのも良いかもしれない、そう思うのだった。

◇

「待ちたまえっ」

「なんだよ」

「私も行きたい！」

「嫌だよ！」

「いーきーたーいー！」

「うるさいぞ千歳児！」

「ぐっ、ぬぬぬ……！」

その次の日、精霊王は外へ買い物に行こうとする少年の前で駄々を捏ねていた。もっとも彼女は自分が精霊王である事を忘れてしまっているのだが。

端的に言えば、彼女は少年に警戒されぬため馬鹿っぽく振る舞い過ぎた。

その結果、彼女は記憶サーバである少年に『ちょっと頭が弱くて陽気な女の子』だと認識されてしまい——この通り、今日の精霊王は演技ではなく本当にちょっと頭がアレで陽気な少女になってしまっていた。

彼女の記憶維持システムの仕組みは、『記憶サーバから見た自分（スティルシア）を模倣する』というもの。つまり、記憶サーバの人間が彼女を善人だと思えば善人になるし悪人だと思えば悪人になる。

そのせいで精霊王は今、以前の彼女を知る者が見れば卒倒するであろうハイテンションで少年と言い争っていた。

そんなこんなで少年を言いくるめ、外へ連れて行ってもらった精霊王は――空を見上げて、顔をしかめる。……うっすらとだが、空に奇妙な魔法陣が展開されているのだ。

まだ未完成なようだが少しずつ大きくなっている。

少年の記憶を読んだ事で、こちらの世界にモンスターが送られているのは知っている。恐らくあの魔法陣は次の準備だろう。完成するのは明日の昼ぐらいか。

「……この子のために、スライムの魔核でも集めておくかなぁ」

バスに揺られながら、精霊王は横に座る少年の顔を見た。

何故か自分の胸の辺りを見ながらアタフタしている彼を不思議に思いながら、精霊王は猫のように「くふぁぁぁ……」とあくびをするのだった。

◇

「うわぁあぁぁぁ、どうしようどうしよう……!? 死んじゃうってばぁ……！」

本格的にモンスターが襲来してきた日、精霊王は頭を抱えながら半泣きで居間をぐるぐるしていた。

少年が友人を助けに一人で街の方に向かってしまったのだ。……自分に、家を守るよう言い残して。あの少年は贔屓目無しに見ても魔術の天才だ。しかし今はまだ弱すぎる。一対一ならワイバーンにすら殺されてしまうだろう。生き残れるとは思えない。

「行かなきゃ……！」

精霊王は玄関に走っていき、扉を開けようとして――少年の〝祖母との記憶〟を思い出す。

……この家は彼らの思い出の場所。魂のがらんどうな自分なんかには分からない、大切な大切な居場所。モンスターなどに傷つけさせるわけにはいかない。

「……ちょっと時間は掛かるけど、防壁を張っていこう」

――どうか、私が行くまで持ちこたえて。そう願いながら、精霊王は防壁の展開を始めた。

数分後、先ほどまでのテンパりが嘘のように颯爽と少年の前に登場してどや顔したのは秘密である。

◇

「■■■■■■」

「ん、うぅぅ……？」

――何者かの声で、精霊王は目を覚ます。

くしくしと瞼を擦りながら辺りを見回すと、そこには見知らぬ黒髪の少年の姿があった。

「……誰だ」

「■■■■■■……？」

精霊王は咄嗟に起き上がり、少年を睨み付ける。

それから、そんな自分を見て困惑した様子な少年と目が合い——〝思い出す〟。昨日までの自分、そして少年から見たこの世界の記憶を。

感覚としては一人称視点の物語を一つ読む事に近かった。怪物たちによって変貌していく世界の中、主人公の少年はスティルシアを名乗る奇妙な少女と出会い、少しずつ強くなりながら過酷な環境を生き抜いていく、そんな物語。

——ああそうだ、自分はこの物語の登場人物〝スティルシアを名乗る奇妙な少女〟なのだ。少年の隣でにこにこ無害そうに微笑み、楽しく馬鹿をやっている姿こそがスティルシアの正解なのだ。心のない殺戮者などではない。私の居場所は、ここなのだから。

「っ……ぁあ、あ、君か」

「俺以外に誰が居るんだよ……ったくこのくだり毎朝やるのか？　朝飯作るから早くベッド出ろよ」

「あはは……ごめん、ね」

記憶を読み取ると同時、さっきまで名も知らなかった少年に対して急速に愛しさと親しみが湧いてくる。そして、そんな彼を睨み付けてしまった自らへの嫌悪感も。

「……また、忘れてた」

毎朝、精霊王は彼の事を忘れている。

だから眠る時は本当に辛いのだ。だってそれは楽しかった今日の思い出との決別なのだから。

記憶を読めると言っても、経験できるわけではない。だから朝に彼の記憶を読むと、ついその中にいる自分を羨んでしまう。『どうして君の瞳に映る私はこんなに幸せそうなんだ』と。

……思い出すのは、昔の事ばかりだ。自分が持っていられるのはもう会えない程に昔の人々の記憶だけ。今を生きる愛しい人の事は覚えていられない。

「難儀な、ものだねぇ……」

キッチンで朝御飯を作る少年の背を見つめながら、精霊王は泣きそうな声でそう呟いた。

だけれど……きっと、大丈夫。精霊王は、にへらと顔を綻ばせて立ち上がる。

だって――きっと今日も、私は君に恋をするから。

◇

『さぁ、私の瞳を覗いてください！　さすれば全てを思い出す筈です！　あなたの全盛を……！

精霊王スティルシアを取り戻してください！』

テレビに映る狂喜に満ちた瞳と視線が交差する。——精霊王、精霊王？　やめてくれ、そんなの知らない。知らないいんだ。

だが〝大賢者〟の目からは逃れられず——彼女は、『思い出して』しまった。

自分が精霊王である事も、自分が本当はこんな人格ではないという事も——自分が、この子と笑いあっていて良いような存在ではない事も。

「ぁあぁあぁあ……！　あぁあぁあぁ■■■■■■■！！！！」

奴を、止めなければ。さっき記憶を読んだ時に奴の思想も流れ込んできた。大賢者はこの星を滅ぼすつもりだ。奴にはそれだけの力がある。

大方、人間を洗脳か飽和でもさせて元の世界を攻める際の兵隊にでもする気か。

……以前の精霊王なら、奴の思想に賛同したかもしれない。だが今はもう無理だ。彼女は人に傾倒し過ぎた。誰かに優しくして優しくされて——人の営みの温かさを知ってしまった彼女では、もうかつてのように機械的に殺戮を繰り返す事などできない。

……だから。

「私は、君の事なんて知らない」

——この子に、嫌われなければ。

先ほど家を守る防壁の展開に魔力の大部分を割いてしまった今の自分では、大賢者には勝てないから。

……この優しい少年は、きっと自分の事を助けにきてしまうから。それでこの子に死なれでもしたら、私は今度こそ世界を許せなくなってしまうだろうから。

「君は以前から〝スティルシア〟を知ってるんだろうけど、〝私〟は今日初めて君と話した」

できるだけ敵対的に、限界まで冷徹に。バクバクと破裂しそうになる心臓を無視して、精霊王は無理やり嘲(あざけ)りの形に顔を歪めた。

「実の所、私は君に大した思い入れも無いんだ」

うそだ。これ以上無いってぐらい、君を愛している。

「自分が出演しているドラマか映画を見ているような気分だったよ。知識としては知っているが体験した覚えは無い……尤(もっと)も、ボーイミーツガールは嫌いだから感情移入はできなかったけどね？」

ちがう。私が嫌いなのは、君の事を忘れてしまう私自身だ。

「まって、くれ」

「……じゃあね。もう二度と会うことはないだろう。今後一切、私は君の物語から退場する」

呆然とした表情で立ち尽くす少年に背を向け、精霊王は玄関に向けて歩き出す。

そして時空の扉を潜り、大賢者のもとへと向かうのだった。

◇

「……凄いや。本当に勝っちゃった」

「スティルシア！」

出血過多により霞んだ精霊王の視界に、自分へ駆け寄ってくる少年の姿が見えた。

あの大賢者を討ち果たした、英雄の姿が。

「強く、なったなぁ……」

自分にしか聞こえないぐらいに小さい声で、精霊王はそう呟いた。

この子ならきっと、自分が居なくなっても大丈夫。

天才だとは分かっていたが、一月でここまで化けるとは思わなかった。

「スティルシア、早く血を……！」

腕をどけて腹の傷を見せると、少年は一気に絶望した顔になる。……本当に、優しい子だ。

少年の頬に伝う涙を拭おうとするが、体に力が入らない。

「なんで、泣くのさ……私は今日、君に酷いことをたくさん言っただろう……？　だから、私のことなんて嫌いになって良いんだよ。悲しまなくて良いんだよ」

だから、泣かないで。君が泣くと私まで辛くなってしまう。

「君はさ、いい人を見つけて、その人と一緒にふつーに生きて、死んで……しあわせに、なってほしいんだ……さあ笑って。私を安心させて死なせてよ。ほら、スマイルだってば……お願いだ」

精霊王は、にこっと微笑んで少年にそう言った。これでこの子は負い目なく自分の死を見送れる。

それに安心し、精霊王は目を閉じようと——

「俺は……お前が居てくれないと、幸せになんかなれない……！」

——目を見開く。下瞼の奥が熱くなり、喉から嗚咽が込み上げてくる。

怒りと悲しみと喜びがごちゃ混ぜになった感情が、心の中で爆発した。

「なんてこと、言うのさ……あぁ、だめだ。泣かないって決めてたのに、君のせいだぞ」

ぼろぼろと、目から決壊したダムのように涙が溢れだす。

そして、そんな事を言ってもらえて底抜けに嬉しいと思ってしまっている自分が憎たらしい。

……なんて、浅ましい人間だ。精霊王は少年の頭を抱き寄せ、浅く口付けをする。

「えっ、へへへ……ちゅー、しちゃった」

自分はこんなにも幸せで良いのだろうか。

こんなにも軽やかな気分で、しかも大切な人に死を見送ってもらえて。

結局、二人とも泣いてしまった。それがおかしくて、少しだけ笑ってしまう。

読み終わった本を閉じる時のような不思議な充足感を覚えながら、瞼を閉じる。

薄れる意識の最中。自分の名前を呼ぶ少年の声を最後に、精霊王はその生を終えた。

Conclusion

たとえ、
ここに君がいなくても

私の目は、もう君の物語を見る事は出来ない。

私の指は、もう君の物語のページをめくる事は出来ない。

――抜錨(ばつびょう)。

記憶という錨(いかり)が消え、私の視点は君から離れる。

だから、ここからは君の物語(はなし)。

君が君のために血を流す物語だ。

「ぁ、あ……？」

ピッ、ピッ、ピッ、という誰かの命を刻む電子音。

急速に浮上する意識が瞼（まぶた）をこじ開け、俺の視界に光を差し込ませる。

真っ白な天井が目に入り、ここが病院である事と自分がベッドに寝かされている事を理解した。

腕と脚は赤い結晶ではなくちゃんとした皮膚に包まれており、何らかの治療を受けたことが窺える。

「目を覚ましましたか。熾天狩り」

ふと横から聞こえてきた声、疑問に思いながらそちらを見れば、そこにはスーツ姿の小柄な女性がビジネスバッグを膝に乗せて椅子に座りながら俺を見つめていた。

「誰、ですか……それに、どうして俺は病院なんかに……」

「記憶が混濁しているようですね……いいですか？　ここは負傷した駆逐官用の病棟です」

「駆逐官……」

「はい。あなたは数日前、異界生命体との戦闘後に恐慌状態に陥りそこに居合わせた〝第二位〟に襲い掛かりました。彼はそんなあなたをやむなく気絶させ……この状況に至ります」

異界生命体との、戦闘……？　ぼんやりした頭に少しずつ記憶が戻ってくる。

……そうだ、俺は大賢者と戦って、なんとか倒して。そして……――スティルシアは、どうなった？

「っ、あ、あの！　俺の近くに倒れてたスティ……えっと、重傷の、中学生ぐらいの白髪の女の子！　どうなりましたか!?」

「……？　いえ、そんな情報は報告書にはありませんでしたが」

「そんなわけ――いっ、づ……!?」

俺はベッドから立ち上がろうとして――右目に激痛が走った。

思わず目を押さえながら座り込む。触ってみると、俺の右目の辺りにはどうやらガーゼみたいな物が付けられているらしかった。

「なんだ、これ……!?」

「第二位があなたを鎮圧する際、右目を潰してしまったそうで……ですが、あなたのような強力な駆逐官の戦力が減衰するのは人類の多大なる損失です。それを危惧した上の指示で〝移植〟されました」

いしょく……？　どういう、事だ。俺はスーツの女性から渡された手鏡を受け取り、目のガーゼに手を掛ける。そしてガーゼを剝がすと、そこにあったのは――

「っ!?」

「〝精霊王の義眼〟……彼は、そう呼んでいました。膨大な量の未知エネルギーを含有した特級の駆逐兵装です。所有権はあの異界生命を倒したあなたにあります」

――スティルシアの、目だ。鏡に映る俺は右目だけ赤くなっており、驚愕の表情を浮かべている。

頭が、真っ白になる。

……恐らく大賢者の死体から回収され、その能力に目を付けた奴らが俺に移植したのだろう。

「……あぁ」

「あなたに無断で手術を決行してしまい申し訳ありません……ですが視力に問題は無い筈です。特別手当ても下りるのでどうか――」

「いや、そういうのじゃ、なくて……いや、なんでもないです」

「……そうですか。では、これから検査をして異常がなければ今日にでも退院できますので。……それと」

スーツの女性は立ち上がり、真っ直ぐ俺を見据えて口を開く。

「私たちの召集に応じてくださり、本当にありがとうございました。……貴方が戦ったことで救われた命が多くあります。次元梟(ジゲンフクロウ)の現場にいた親子が、あなたのお陰で逃げられたそうですよ」

「……そっすか」

「ええ、それだけは伝えたくて。ではまた」

頭を抱えて項垂(うなだ)れる俺にぺこりと頭を下げ、スーツの女性は病室から出ていった。

それを確認してから、俺は小さく呟く。

「スティル、シア……」

完全に思い出した。スティルシアは大賢者との戦闘で致命傷を負い――恐らくは、あの槍使い……〝第二位〟とやらにとどめを刺されて命を落とした。

それを理解した途端、胸が潰れるような喪失感が襲い掛かってくる。

「ごめん……っ」

あんなに近くに居たのに、守れなかった。あの怪我じゃ死は免れなかったとしても、あいつの最期を少しでも安らかなものにする事はできた筈だった。

「……携帯？」

俺が頭を抱えていると、ベッドの横から『プルルルル』という何かの着信音が聞こえてきた。

そちらを向くと、テーブルの上にあるモンスター図鑑が震えている。

俺は気だるげにそれを手に取り、開いた。

【ランクＳ〝白夜〟の討伐により、貴方のランキングは日本総合七位から日本総合四位へと上がりました】

【その功績に伴い、ランクＢからＡへの昇給が認められました】

【貴方の銀行口座に〝白夜〟の討伐、〝次元梟〟の討伐協力の報酬として日本円８００，０００，０００の振込が行われました。ご確認ください】

「……」

無機質な声と共に液晶に並ぶ桁外れの報酬が俺の目に入るが、全く喜べない。

俺は端末を乱暴にベッドへ投げ捨てながら、目を閉じた。

それから医者に『健康体』と診断を受けた俺は退院が許可され、一人で街を歩いていた。
俺が眠っている間に世界はかなり変わっていた。まず日本は、北海道と対馬が上位モンスターの襲来に耐え切れず壊滅。連絡も取れず内部の状況は分からないらしい。
沖縄は駐在していた米軍の奮戦によりなんとかモンスターを退けたらしいが——未だに厳しい状況は続いている。

例えば……東京が、完全に機能停止した。

人口が多い分モンスターも大量に襲来したのだろう。当時そこにいた人間の九割が死んだらしい。

現在モンスターの巣窟と化している。

今は擬似的ではあるが、被害が少ないこの街が日本の首都的な役割を果たしている。

未知生命体対策本部……つまり駆逐官の大元もこの街に置かれた。

そのお陰で猛スピードで復興が進み、今は多少以前の面影を取り戻している。……そして。

「アメリカが、『閉塞』……？」

アメリカ大陸は、とあるモンスターによって作られた〝破壊不可能な黒い正六面体〟に囲まれ完全に外部からは様子が確認できなくなってしまったらしい。

世界は大混乱。主だった輸出国が滅べば資源的な問題も起こる——かに思われたが、資源的な事は皮肉にも人口の大幅な減少により殆ど問題にならなかった。

なにはともあれ、色んな事があったが人類はしぶとく生き残っている。

「おいっ！　モンスターが出たぞ、駆逐官を呼べ！　最低C以上だ！　早く！」

俺がベンチに座ってネットニュースを見ていると、切羽詰まった人々の悲鳴が聞こえた。

顔を上げてそちらへ視線を移すと、車道の中心で巨大なサソリが暴れ回っている。

「今も街にモンスターは湧くんだな……っと」

俺はほんの少し指先を犬歯で噛んで血を出した。青い葉脈を通したそれを、手首のスナップで遠くのサソリの体表に飛沫させる。

——遠隔起動、〝水魔術〟。

「うぉあぁぁっ!?　なんだ!?」「急に水が出てきて破裂したぞ！」「誰がやった!?」

俺は、十数メートル先で爆散したサソリを見て溜め息を吐く。魔核の回収は……まあ良いか。どうせCランク程度だ。

巨大サソリの死骸を中心にして騒ぐ人々を尻目に、俺は再びスマホに目を落とそうとして——視界の端、走って路地裏に消えていく白髪の少女の姿を見た気がした。

「っ!?」

反射的に立ち上がり、目を見開く。

——スティルシア？　いや、そんな筈は無い。あいつは……死んだ筈だ。死んでしまったんだ。

そう自分に言い聞かせても、高鳴る心臓がうるさい。

……見間違いだったら、引き返せば良い。俺は全速力で白髪の少女が消えていった路地裏へと入っていく。

白髪の少女は、十数メートル先を走っていた。そこまで速くない。俺の足なら一瞬で追い付ける。

——あの後ろ姿、間違いなくスティルシアだ。

言葉に表せない感動が胸を満たしていき、それを原動力にして白髪の少女への距離を詰める。

「おい！　スティルシア!?」

背後からスティルシアの肩を掴み、振り向かせる。尖った耳、大きな赤い瞳、整った目鼻立ち。

間違いない、間違いない、間違いない！　俺は崩壊しそうになる涙腺を抑えながら地面に膝をついた。

「生きて、たんだな……!?」

スティルシアは、そんな俺を見てにこっと笑った。それは、俺の記憶の中にあるそれと全く同じもので。優しげな両目が、俺を映し——

「――ぁ、は、ぇ……？」

「■■■■■■■！！！」

――ずぶり、と俺の腹部に何かが突き刺さる感覚。

困惑しながら腹へ目を落とすと、スティルシアの手がドス黒い触手に変形して俺を貫いていた。

「……あぁ、そういう、事かよ」

ドッペルゲンガー。以前、俺の祖母に化けて家の前に居たモンスターだ。スティルシアは『対象の最も大切な人に化ける怪物』と言っていた。

熱を帯びていた心が、急速に冷え切っていくのを感じる。

当のドッペルゲンガーは、俺の腹からでた血が結晶化して触手が抜けない事を不思議に思っている様子だった。

邪悪な感情に歪められたスティルシアの顔を見て、自分の中で何かが音を立てて切れるのが分かる。

「……おい」

「■■■■■■■!?」

触手に腹を貫かれたまま、俺はドッペルゲンガーの頭を片手で摑んで持ち上げた。

「どうやって、死にたい」

俺の言葉を理解する筈もなく、ドッペルゲンガーはがむしゃらに暴れて俺の拘束を解こうとする。

……モンスターに話し掛けなんかして、一体何をやってるんだ俺は。こんな奴さっさと殺した方が良いに決まってるのに。スティルシアの顔だから戸惑っているのか？

「……あほらし」

俺は足元に落ちていたネジに〝炎魔術（カーネリアン）〟を通し、ドッペルゲンガーへ向ける。

恐怖に歪んだ顔のドッペルゲンガーに、それを打ち出す――


「――■■■■（ドミネーション）」


「……へっ」

――突如として後方から飛んできた漆黒の球体によって、ドッペルゲンガーの頭部が消し飛んだ。

「やれやれ……災難だね、君も私も。そいつはドッペルゲンガーといって、対象の……ってあれ、このドッペルゲンガーの姿……もしかして君は私を知っているのかい？」

――その右目に白い包帯を巻いた少女は、いつの日かのように玲瓏とした声で俺にそう言った。

「スティル、シア……本物……!?」

「あぁ、やはり知っているのか。だけどすまないね。何故か右目が無いせいで、言語の読み取りだけで精一杯なんだ……いつもなら記憶を読んで君が誰か思い出す所なんだが――わふっ!?」

「良かった、良かった！　良かった……！」

スティルシアを抱き締め、何度も心の底から『良かった』を繰り返す。

スティルシアは俺の腕の中で居心地が悪そうに身じろぎしていたが、逃れられないと悟ったのか不本意そうに収まった。

「いや、あの。私は君の名前すら知らないんだけど。そもそも今は変な奴に追われていて……とにかくっ、あんまり抱き締めないでほしいな！　胸も贅肉もあんまり無くて抱き心地良くないと思うんだけどっ」

「ぁ、ああ、そうか、そうだよな。ごめん」

「まったく……こんな奴を抱き締めて何が楽しいんだか……」

ブツブツ文句を言いながら、スティルシアは俺から離れて壁に寄りかかってしまった。

……こいつには、無いんだ。俺と過ごした記憶が。そもそもなぜ生きている。『第二位』に胸を貫かれて――いや、あの傷ではそうじゃなくても死んでしまっていた筈だ。

「……あの。一つ聞きたいんだけどさ……ここは、どこだい？　私は昨日までもっと平坦で殺風景な場所に住んでいたんだけれど」

「どこって……街だろ」

「ま、街っ!?　ここがかい!?」

どことなく頓珍漢（とんちんかん）なこいつとのやり取りが、堪らなく懐かしく、楽しい。

にやにやしている俺を変なものを見るような目で見てくるスティルシアに、更ににやにやしてしまう。そんな俺に諦めたような溜め息を吐いて、スティルシアは口を開く。

「とにかく……君の名前を教えてくれないかな。うぅんめんどくさいなぁ、普段なら目を見るだけで一発なのに……」

「いや大丈夫だよ。……思えば、お前に直接名乗った事は無かったし」

俺はスティルシアの前で姿勢を正し、深呼吸をした。

「……はじめましてだな、スティルシア」

「なにさ急に改まって。……いや、君とは初対面か。なんか変な感じだ」

妙にこそばゆい気持ちになりながら、口を開く。

「──俺の名前は湊 渚！　お前と……その、仲が良かった人間だ！」

「ふーん……細いし学生っぽいし、なんか弱そうだねなぎさ」

「ちなみにお金持ちだ」

「なぎささんと呼ばせていただくね！」

何気ない会話をしながら、俺は目尻に溜まった涙を拭き取って笑う。

──本当に、良かった。滲む視界の向こう、そこに確かに存在しているスティルシアを見ながら、俺は心の底からそう思った。

「……おい、熾天狩り。そいつを寄越せ」

その時、どこからか男の声が聞こえた。

声の方向を見ると、そこには止まった車の屋根の上に腰かける巨槍を担いだ眼帯男の姿があった。

「……第二位」

「あっ！　ねぇ、あいつだよ！　私の事追いかけて来てるの！」

「そいつが収用施設から脱走したからだ。……ったく、比較的気性が大人しそうだから怪物どもや他の異界生命体の情報源として生け捕りにしたというのに……」

横目でスティルシアを見ると、「め、目を覚ました途端、黒服の集団に囲まれてたらそりゃ逃げるでしょ！」とそっぽを向かれた。

「……こいつを、殺さないのか？」

「当たり前だ。その異界生命体を無力化したのは俺……つまり俺の所有物だ。なぜせっかく直した物を再び壊す必要がある？　暴れない限り危害は加えない」

「……そうか」

「あっ、ちょっと!?」

俺はそっとスティルシアの背中を押して〝第二位〟の方に差し出した。

……こいつと戦闘になるのは望ましくない。きっと俺では勝てないし、スティルシアが危なくないなら素直に引き渡した方がいい。

「……そいつに何かあったら、俺が暴れ回ってもう一度この街を壊滅させてやる」

「おぉ怖い怖い。……そら、行くぞ」

俺の脅しに、第二位は肩をすくめながらスティルシアに手錠を掛けた。

「うぅ……」

「それと熾天狩り。お前は妙にこいつに肩入れしているようだが、強引に連れ出そうなどとは考えるなよ。Bランク以上の駆逐官には収容された異界生命体との面談が許可されている。顔を合わせたかったら正当な手続きを踏め」

「……」

第二位の言葉に無言で頷きながら、連れていかれるスティルシアを見詰める。

「スティルシア……」

遠のいていく背中に手を伸ばしかけて、咄嗟に引っ込めた。その代わり、ポツリとそう名前を呼んでしまう。スティルシアの長い耳はそれを聞き取れたようで、ぴくっと少し肩を跳ねさせてからこちらへ振り向いた。

「なあに?」

「……いや、ぁあ、うん。何でもないよ」

スティルシアは怪訝そうな顔で「あぁ、そう」と言って前に向き直った。

「それじゃ、またね」

「っ――」

――そう。「また」だ。これは永訣(えいけつ)ではない。俺も、あいつも、生きているのだから。

生きているなら絶対にまた会える。今はそれだけで十分過ぎた。
……たとえ、向こうが俺の事を覚えていなかったとしても。
青い秋空を見上げて、俺は目を細めた。

特級異界生命体『精霊王』収容手順。

・彼女の収容施設は、5メートル×4メートル×2.5メートルの空間を厚さ5センチの特殊加工を施したガラス張り（防弾・耐熱かつ彼女の精神衛生上のため内側からは外界を確認できない処理をしてください）によって囲んだものを使用してください。（カメラによる24時間の監視が義務づけられています）

・毎朝、彼女が目覚めた場合五分以内にそれ以前に彼女が記した自筆の『この平坦な顔をした猿人族どもは私の敵ではない』という文字を彼女に見せてください。そうすれば多くの場合で彼女は私たちの収容に応じる意思を見せます。

・彼女は1日の大半を読書に費やし、特に瀬戸内寂聴訳『源氏物語』や川端康成著『十六歳の日記』などの文学作品を好みます。後述の理由により彼女は継続的なストレス解消にそれほど多くの作品数を必要としませんが、要求があった場合すみやかに入手・提供してください。

・摂食は1日に2、3回。物理的あるいは倫理的に不可能な場合以外は可能な限り彼女の希望を尊重してください。（家庭的な料理を好む傾向あり）そして後述の習性ゆえ、彼女が目を覚ました5

分以内に、高い水準で日本国語を修得した職員と面会させてください。

・『精霊王』は過度の老化により、新規記憶を1日以上保持不可能な状態にあります。そのため異界言語以外の言語を習得するのは不可能であると思われましたが、彼女が職員と目を合わせた瞬間、突発的なネイティブレベルの言語習得が確認されました。そして本人へのインタビューにより、この現象の原因が解明されました。

・彼女の左眼球には、アイコンタクトをした相手の言語能力を読み取る能力が宿っている事が確認されました。同様の能力を持った者に、遺体から回収された右目の遺伝子のみが『精霊王』と完全に一致した『大賢者』が存在しますが、DNA鑑定により両者の血縁は否定されています。

・『大賢者』から回収された右目（以後〝精霊王の義眼〟と呼称する）は他者へ移植を行った場合、遺伝子・サイズ的に明らかに不適合なケースでも速やかに神経が接続され、拒絶反応を起こすことなく通常の眼球と同じように機能する事が確認されています。これは、彼女と同種族である他の『精霊族』も眼球に特殊な性質を備えている事が判明しているため、彼女のみに発現した特異性ではないと思われます。

・手首に装着した『魔力ジャミング装置』により彼女は攻撃的な未知エネルギー攻撃を我々に行えません。しかし『精霊王』は極めて危険な異界生命体です。その幼い容姿と仕草に油断や肩入れはせず、あくまで機械的な〝管理〟を心掛けましょう。

・追記……彼女は、中年期以降の女性が出演するポルノビデオ・雑誌などに対し異常なまでの敵意・関心を示すことが確認されています（これにより特定の人物、物品に対し抱かれた嫌悪の感情は日を跨いでも消えません）。接触させる職員には漏れなく検査を行い、該当する職員は速やかに担当から外してください。

記述権限・〝日本第一位　東弊陽葵(とうへいひまり)〟

あとがき

はじめまして、幕霧（ばくむ）です。この度は『田んぼでエルフ拾った。道にスライム現れた』を手に取って頂きありがとうございます。

紙面の前のあなたがこのまま本をレジに持って行ってくれる事を祈りながらこのあとがきを書いています。

本を作る作業をしている中で、今まで何気なく読んでいた作品たちがたくさんの人々の力が集まって出来ているという事を知りました。ここにお礼させて頂きます。

キャラクターに瑞々（みずみず）しい視覚的な形を与えてくださったイラストレーター様、美しく彩ってくださったデザイナー様、何度も読み直してくださった校正様、サポートしてくださった編集者様、本当にありがとうございました。


編集さんにあとがきは最低六ページ以上書いてくれと言われたのでもう少し書きます。ここからはつまらない身の上話です。

この作品に書籍化の打診が来た時、正直に言って確実に詐欺だと思いました。

そういえば最近、Ｗｅｂ作家に書籍化の話を持ちかけて打ち合わせをし、最後の最後でカネを要求するという極めて非人道的な詐欺が横行しているという話を（ネットで）聞いた事があります。

バクムは激怒した。

必ずやこの邪智暴虐な詐欺師をシバき上げなければならぬと決意した。

かつてネトゲでネカマに騙された時も、学校のロッカーに入っていたラブレターの相手がからかい半分な野球部のジャガイモ野郎だった時も、今と同じ炎が胸に燃えていました。そう、怒りと恐れです。

それも、希望が絶望に反転する事へ抱く類いの。


「嗚呼（ああ）……」


そして、まるでその詐欺説をだめ押しするかのように、私はある事に気付いてしまったのです。

それは、メールを送ってきた編集者の名前。『鈴木　優作』さん。そう、優作……『優』れた『作』品とも読めるのです。なんと編集者らしい名前でしょうか。

今となっては本当に本当に失礼な事なのですが、八割方偽名だと思いました。ごめんなさい鈴木さん。私は人間失格です。

しとり。今、罪悪感で涙が溢れました。

泣いています。私は泣いていいます鈴木さん。


よし、これであと四ページです。尺稼ぎに使ってごめんなさい鈴木さん。


うん……そうだマイブームの話をしましょう。(唐突)

北海道民なら分かると思うのですが、道内限定のコンビニでセイコーマートというのがあるんですよ。

ここの何が凄いって、店内に厨房があるんですね。ホットシェフという呼び名の通り、マジでできたてほやほやのカツ丼や豚丼が安くお手軽に食べられます。

ここだけの話、並の専門店より美味しいです。

ここのカツ丼に七味唐辛子とマヨネーズをかけて頂くのが堪らなく美味しいです。

北海道に来る事があればぜひ食べてみてください。

トブぞ。


そろそろ話の種が尽きてきましたが、まだページはあります。折角なので、この作品の話をしましょうか。

ここから先はネタバレが入ると思いますので、本編を読む前にあとがきを見ている人は読み終わってからここに戻ってきてください。

この作品を思い付いた経緯はと言えば……一年ほど前、異世界ファンタジーの設定を練っていた所から始まります。

それは典型的な俺ＴＵＥＥＥ作品で、敵となるモンスターがめっちゃ強くて、でもそれ以上に主人公が最強でした。

しかしそこでテレビから、産業廃棄物やらなにやらの処分場が無いという問題のニュースが流れてきたんです。

「異世界、不法投棄しよう」

そこでなんかもう、ティンと来ちゃいました。

元々は悪魔のように冷酷で最強クラスの敵だったエルフをヒロインに変えたり、無敵の主人公を敵側に回したり……『よくある無双系ファンタジー』の輪郭をぐちゃぐちゃに掻き回した結果、この作品が出来上がりました。

あと本編を最後まで読んだ人なら思い当たる節があると思うのですが、この作品は一人称視点ですが『主人公視点』ではありません。あるいは、『スティルシアと読者様は視点を共有している』と言えるかもしれません。

この作品は元々どこかの賞に応募するつもりだったので、一冊の本、一つのお話として区切られている面が強いです。

しかし二巻を出せたら出せたでもちろん一巻より面白くするつもりですし、その自信も結構あります。応援よろしくお願いいたします。

そして、このあとがきの更にあとのページには、書籍版限定の、書き下ろしエピソードがあります。

今巻最大のイケメン枠であるエリミネーターさんのお話です。

元々は異世界で無双系主人公の噛ませになる予定だったこの人ですが、今は地球で元気にホームレス生活を謳歌しています。本編の終盤とは違い楽しいお話なので、肩の力を抜いてお口直しにでも読んでください。

ちなみに彼はもうすぐ三十路です。

長くなりましたが、ここまで読んでくださり本当にありがとうございました。

この作品が、少しでも皆様の生きる栄養になってくれる事を心から願っております。
二巻のあとがきでまたお会いしましょう。こんな露骨な尺稼ぎを見せたあとがきを最後まで読んでくれたあなたはきっととてもやさしい人なのできっと二巻も買ってくれますよね。(謎の圧力)
それでは、さらばです。

巻末短編

家なし騎士の
コンクリートジャングル
彷徨記

「アリアス。この世界はね……人にとって、生きにく過ぎるんだ」

勇者様は、酷く打ちひしがれたような表情で自分にそうお告げなさった。

「資源は枯渇し、酸素は薄く、怪物どもがウジャウジャ犇(ひし)めいている……貧しい環境は憎しみを生み、憎しみは争いを呼ぶ」

黄昏光(たそがれ)に照らされた勇者様の横顔には、強い決意の色が滲んでいて。

そのあまりにも強く濃い色が、この人の本来持つ優しさを塗り潰してしまうような気がして、つい自分は目を背けてしまう。

そんな自分を見て勇者様は、陽だまりのような優しいまなざしでくすりとお笑いになった。

「……私(ぼく)は、この世界よりずっと易(やさ)しい環境に生きる人類を知っている」

「易しい、環境」

「そう。だから僕(わたし)は、怪物どもをある程度向こうの世界へ送ることは許容されて然るべきと思っているんだ。だって不公平だろう……？　彼らも私(ぼく)らも同じ人間なのに。こちらばかりが苦しんでいる」

「……ですが」

「誉められた事じゃない……だけど、他者を蹴落としてでも近しい人々を豊かにしたいと思ってしまうのもまた〝人間〟だ」

そんな勇者様に、自分は何も言えなかった。

それでも、言葉を探す――

「……っ、ぅ？」

最初に目に入ったのは、コールタールのような色をしたゴツゴツの石畳（アスファルト）だった。

見慣れない様式の建造物の狭間――路地裏と呼ばれる狭苦しい暗がりの中に倒れるこの騎士鎧の男、エリミネーターは自らの現状にひたすら困惑するばかりであった。

「オレは……確か、精霊王の足止め任務で……」

ぼんやりした頭をトントン叩きながら、エリミネーターはゆっくりと立ち上がる。

足元にあった誰かの吐瀉物（としゃぶつ）に顔をしかめつつ、ボロボロの鎧をカチャカチャ鳴らして歩く。潰れた片足を庇うため、建物の外壁に半身を預けながら。

「……負けたのか、オレは」

だんだんと戻ってくる記憶を頼りに、エリミネーターは状況を整理していく。

彼が従事していたのは、〝異界流し〟の術式範囲の中にとある怪物を押し留めるという任務だ。

彼の世界には、人類と争う五つの種族が存在した。

精霊族、龍族、機械族、魔族……あと一つはなんだったか。頭が上手く動いてくれない。

とにかく、その五種族の内、精霊族の長である〝精霊王〟の足止めを彼は命じられていた。

「あの、怪物め……」

結果を言えば、任務には失敗した。異界流しの術式が完成する寸前で彼は精霊王に敗北してしまったのだ。

あのまま精霊王が前線に向かってしまえば、まず戦線は崩壊する。謂わば彼の役目は人類側のアキレス腱。彼の敗北はそのまま人間の敗北に等しかった。

「クソが……」

震える声で、エリミネーターは歯を噛み締める。

「クソがァァァァッッッ！！！」

何度も何度も、彼は建物の外壁を力任せに殴り付けた。石造りの壁がいとも容易くひび割れ、骨組みから揺らぐ。

そうして数秒後、肩で息をしながら彼は膝を突いて地面に項垂れた。

「クソが……！　くそ、が……っ」

アスファルトに数滴の雫が落ち、黒く染みを作った。

怒りの叫びは嗚咽へと変化し、エリミネーターは地面に泣き崩れる。

「ごめんなさい、勇者様……！」

涙と共に零れ出たのは謝罪だった。

防衛線を突破されるどころか、敵に仕掛けた異界流しの術式で自分が飛ばされる体たらく。強くなったと思っていた。散った仲間たちの願いを継いだと思っていた。しかし本物の化け物には手も足も出なかった。

とんだ恥晒し、噴飯ものだ。結局自分は何もかもを失ったのだ。

エリミネーターはひたすら誰かへの謝罪を繰り返しながら、涙を流す。

「……お、ー■い。お前■ん、大■夫かいな……？」

≫『敵意なし。貴方の精神状態と全身の負傷を心配しています。慎重な交渉に努めましょう』

≫魔力ジェネレーターが破損しています。すみやかに交換してください。

「……？」

そんな彼に声を掛ける一つの人影があった。

髭面の薄汚い老境の男だ。くすんだ野球帽と右手に下げている空き缶のたくさん入ったビニール袋が、エリミネーターに何となくこの男が下級労働者であることを分からせた。

しかし、その時エリミネーターは一つの違和感に気が付く。言葉が分かるのだ。彼は、自分の腰のポーチに入っているひび割れた緑の宝玉を見てから驚いた顔をする。

（演算式翻訳珠……まだ活きていたのか。それにノイズ混じりではあるがまさか異界の言語にさえ対応できるとは。技術部様様だ）

人類未踏の地に派遣される際、彼ら帝国騎士には現地の亜人との交渉などを想定して〝翻訳珠〟

と呼ばれる球形の端末が支給される。

相手の声色と仕草やパターン、状況を分析・演算し、言葉の大まかなニュアンスを弾き出せる優れものだ。

精霊王との戦闘で壊れたと思っていたが、どうやらまだ使えるらしい。

「……オレは帝国騎士団第五師団長、エリミネーターだ。ご老人、ここの魔術文明はどれ程発展している？　異界転送は既に実用化されているだろうか。されているなら、すぐに使わせてほしいのだが」

「……は、はあ。兄ちゃん、こすぷれいやーってヤツか？　帝国とか良くわかんねぇし……ワシは、何やらすげぇ物音がしたから来ただけだ」

「事象の地平面はどこまで広がっている？　異世界の存在は知っているか？」

「じしょう……？　ちへい……？」

「驚いた……まだこちらを観測すらできていないのか」

この世界の不進歩を実感しながら、エリミネーターは顔をしかめる。

〝異界流し〟には大がかりな準備が必要だ。最低でも数十人の魔導士が魔力を一点に集中させ時空連続体に歪みを作る必要がある。目的の世界に行くためには更なる手間が不可欠。一人ではまず無理だ。

向こうの世界に帰還するのは、しばらく不可能だと思った方がいい。

エリミネーターはあからさまに落胆しながら、溜め息を吐いた。

「つーか、あんた……その怪我、大丈夫なのか……？」

「先ほどの戦闘で魔力を使い切ったから再生しないだけだ……魔核を取り込めばすぐに治る……ほら、お前の足元にスライムが居るだろう」

「へ……？　どわぁっ!?　水溜まりが、動いて……っ！」

エリミネーターは、壁から崩れた瓦礫の破片を手に取ってスライムに投擲した。

老人の足元に着弾したそれはスライムごと地面を抉り、その後には小さな赤いビー玉が残った。

エリミネーターはよろけながらそこへ歩いていき、口に突っ込んで噛み砕く。

その数秒後、逆方向に曲がった足の関節が元へ戻った。

老人はその光景に、信じられないものを見たように口を開閉させる。

「少しは動きやすくなったか……当分は魔力を取り戻すことに努めなければ」

「お……おい、待てアンタ！　何もんだ!?」

歩き出そうとしたエリミネーターを老人が制止した。エリミネーターは老人を視界の端で見ながら足を止める。

「そうだ……ご老人、名前は？」

「あ、あぁ……？　ワシはヤスっつーもんだが」

「ならヤス。オレにここの常識や慣習を教えてくれないか」

って歩き出した。

「兄ちゃん……外人さんか？」

「あー、そうだ。がいじんさんだ」

いまいち要領を得ないエリミネーターの言動にヤスは首をかしげながらも、「付いてこい」と言って歩き出した。

◇

「ヤスさん、東のごみ捨て場は全て巡回してきた。自転車が六台とスマホ二台とノーパソ三台……あと、アルミ缶がたくさんだ。給湯器とクーラーはかさばるから潰して持ってきた」

「おぉ……流石持ちだなぁエリさん。あ、そのアダプターはこっちにくれ。中身の銅線を抜くと金になるんだこれが」

転移から数日後、エリミネーターはすっかりホームレス生活に馴染んでいた。騎士鎧の代わりに作業着と軍手を纏って。

どうやらヤスという男はこの都市で効率良く生きる事にかなり精通しているらしく、家も戸籍も知識も無いエリミネーターにとって無くてはならない存在になっていた。

「こりゃ相当な額になるぞー！」と小躍りしながら換金所へ向かうヤスの背中を眺めながら、エリミネーターはベンチに腰掛けた。

（……平和だな、この世界は）

武器術は競技へと姿を変え、魔法とモンスターに至っては空想上の産物と化した、そんな世界。

その分人間同士の争いは絶えないが、この国は随分と平和なようだった。

そして魔法文明が未発達な代わり、科学の進歩が目覚ましい。

魔力という半ば万能とも言えるエネルギーに依らず、物質の特性や星の法則を利用して結果を出力するその学問は彼にとって実に興味深く、毎日仕事終わりは図書館で読書に耽るのが日課になっていた。

「おーぅいエリさん、わははは！　五万だってぇよ！　これで焼き肉行くべー！」

「おぉ……凄いのか？」

「ったりめぇだ！　ワシなんていつもは日給千円もねぇからな！　エリさんっていう人型のブルドーザーみてぇなのが居るお陰だ！」

「役に立てたのなら何よりだ……行くか、焼き肉」

エリミネーターとヤスは二人してわくわくしながら焼肉屋へ入り、食べ放題を注文した。

小汚い格好の二人を見て他の客は嫌そうな顔をするが、それに二人とも気が付かなかった。

「エリさんは、今日も図書館でお勉強か？」

ホルモンを頬張りながら聞いてきたヤスに、エリミネーターは頷いた。

「あぁ……量子力学についての知見を深めたい。あれを魔力転用すれば元の世界に帰れるかもしれない……オレはなんとしてでも戻らねばならんのだ。あの人に申し訳が立たない」

「ほーん……」

ここ数日でヤスは、エリミネーターに対する認識をすっかり『深刻な妄想癖の青年』で固めていた。怪力やたまに見せる魔法染みた謎の技術は気にしない事にしている。そういうわけの分からない物には首を突っ込まないのが、自分のような落伍者が長生きするための秘訣だということを、彼は心得ていた。

少なくともエリミネーターはヤスに好意的であったし、エリミネーターの振る舞いや言動が社会規範において善寄りであったから、特に気にする必要もなかった。

「明日は、隣町のごみ捨て場にまで行っちまうか？」

「あぁ……そうだ。もっとカネが貯まったらトラックでも買おうか。それにバイクにも乗ってみたいし、野球観戦や海外旅行も……ははは、だめだ、やりたい事だらけだ。命を削り合わなくても明日が来るというのはこんなにも素晴らしいものだったか。……そんなことにうつつを抜かしていられる時間も権利も、俺には無いというのに」

エリミネーターは、自然とうっすら吊り上がる自らの口角を隠しながらくつくつ笑った。

少しだけ、ほんの少しだけ――再び元の世界に戻り殺戮（さつりく）に身を投じることを躊躇（ためら）ってしまうぐらい、彼はこの生活を気に入り始めていた。

どちらにせよ、異界流しはその性質上殆（ほとん）ど一方通行だ。せっかく世界から追放しても簡単に帰ってこられては意味が無い。戻る方法を見つけるにはかなりの時間を要するだろう。

だからそれまでの間は、この世界で日銭を稼いで平和を享受していても良いかもしれない。

(明日は、どこへ行こうか)

——目を細め、どこか楽しげに遠くを見据える彼は。

……これからこの世界に襲い来る辛苦の数々を、まだ知らなかった。